헤르만 헤세와 인생 산책

자기 자신에게 이르는 찬란한 여정
헤르만 헤세와 인생 산책

인쇄일 2024년 10월 24일
발행일 2024년 10월 31일

지은이 헤르만 헤세
편역 김이섭
펴낸이 유경민 노종한
책임편집 조혜진
기획편집 유노북스 이현정 조혜진 권혜지 정현석
유노라이프 권순범 구혜진 **유노책주** 김세민 이지윤
기획마케팅 1팀 우현권 이상운 **2팀** 이선영 김승혜 최예은
디자인 남다희 홍진기 허정수
기획관리 차은영
펴낸곳 유노콘텐츠그룹 주식회사
법인등록번호 110111-8138128
주소 서울시 마포구 월드컵로20길 5, 4층
전화 02-323-7763 **팩스** 02-323-7764 **이메일** info@uknowbooks.com

ISBN 979-11-7183-061-9 (03850)

헤르만 헤세 지음 **김이섭** 편역

H e r m a n n   H e s s e

헤르만 헤세와 인생 산책

자기 자신에게 이르는 찬란한 여정

유노북스

편역자의 말

—

인생은 나에게로 떠나는 여행이다

누구나 헤르만 헤세를 안다.

‘《수레바퀴 아래서》와 《데미안》의 작가’
‘한국인이 가장 좋아하는 외국 작가’
‘수려하고 감성적인 필체로 내면의 영혼을 일깨운 작가’

헤세는 결코 평범하지 않은 삶을 살았다. 그는 세기말의 혼돈과 두 차례의 세계 대전을 겪었다. 또한 2번의 이혼과 3번의 결혼을 했다. 그의 삶은 시민적인 모범과는 거리가 멀었다. 따뜻한 남편도 아니었고, 자상한 아버지는 더더욱 아니었다.

그는 자유인이었다. 전통이나 규범, 구속을 거부했다. 벌거벗은 채로 수영을 하고, 땀을 흘리며 정원을 가꾸었다. 숲속을 거닐거나 잔디에 누워 사색을 즐겼다. 고향과 아름다운 자연을 노래하고 진리를 탐구했다.

그는 고독자였다. 군중 가운데서도 고독했다. 평생 고독을 견뎌 내기 위해 몸부림쳤다. 예술가적인 삶과 시민적인 삶 사이에서 갈등하고 고뇌했다. 어느 곳에서도 안주하지 못한 채 방랑자의 길을 걸어야만 했다.

그는 평화주의자였다. 전쟁과 이념을 혐오하고, 평화와 정신세계를 추구했다. 나치의 박해를 피해 찾아온 유대인들을 반기고 품어 주었다. 그리고 자신의 글을 통해 전쟁의 광기와 폭력적인 이념을 고발했다.

그는 창작자였다. 수십 편의 소설과 에세이, 1,400여 편의 시를 썼다. 지인이나 독자들과 주고받은 편지는 수천 통에 이른다. 그리고 3,000점이 넘는 그림을 그렸다. 주로 수채화였다. 이처럼 그가 보여 준 창작의 열정은 타의 추종을 불허할 정도다.

이 책에는 헤세의 작품 가운데서 우리에게 공감과 위로를 주고, 삶의 의미와 가치를 일깨워 주는 글을 가려 뽑아 담았다. 단어보다 문맥에 충실하게 번역했고, 우리의 언어와 정서에 부합하게 윤문을 거쳤다.

가장 위대한 모험은 목숨을 건 모험이 아니라 나를 찾아 떠나는 모험이다. 온 세상을 얻고도 나 자신을 찾지 못한다면 그보다 더 슬픈 일이 어디 있겠는가. 인생은 자기 자신에게로 이르는 길이다.

앞으로 살아갈 내 인생에서 가장 젊은 오늘, 헤세와 함께 아름다운 '인생 산책'에 나서 보는 것은 어떨까.

김이섭

헤르만 헤세의 인생

—

자신을 외면한 세상조차 사랑한 작가

1877년, 헤르만 헤세는 독일 뷔르템베르크주에 있는 소도시 칼프에서 태어났다. 그의 아버지 요하네스 헤세는 뤼베크에서 에스토니아로 이주한 상인 가문 출신이다. 요하네스는 개신교 목사로 인도에서 선교 활동을 했는데, 그곳에서 헤세의 어머니인 마리 군데르트를 만났다.

헤세는 어릴 때부터 글쓰기와 그림 그리기를 좋아했다. 그는 매우 명석하면서도 사색을 즐기는 아이였다. 반면 부모는 그의 반항적인 기질과 창의적인 소양 때문에 그를 어떻게 교육해야 할지 무척 고민했다. 헤세는 10살이 되던 해에 〈두 형제〉라는 동화를 집필하기도 했다.

헤세의 어린 시절은 슈바벤의 경건주의에 뿌리를 두고 있다. 다른 한편으로는 아버지의 고향인 발트해의 이국적인 분위기에서도 영향을 받았다. 헤세의 외할머니 율리 군테르트는 프랑스어를 구사하는 스위스인이었다. 이로 인해 헤세의 세계 시민적인 기질이 자연스럽게 형성될 수 있었다.

고향 칼프의 수려한 산과 숲, 교회당과 강 위의 다리 등은 어린 헤세에게 매우 큰 기쁨과 감동을 선사했다. 그가 자주 찾았던 니콜라우스 다리에는 그의 모습을 담은 실물 크기의 조각상이 세워져 있다.

1881년, 헤세 가족은 바젤로 이사했다. 그리고 다음 해에 헤세의 아버지가 바젤의 시민권을 얻어 그의 가족은 스위스 시민이 되었다. 1886년에 칼프로 돌아온 헤세는 그곳에 있는 라틴 학교에 입학했다. 1890년에는 뷔르템베르크 국가 시험을 준비하기 위해 괴팅겐에 있는 라틴 학교로 학적을 옮겼다. 이후 헤세의 아버지도 서둘러 뷔르템베르크 시민권을 취득했다. 헤세가 학적을 옮긴 학교가 주 정부가 운영하는 신학교였기 때문이다. 주 시험에 합격한 헤세는 마울브론 수도원에 개설된 개신교 교육을 받았다. 하지만 헤세는 학교생활에 제대로 적응하지 못하고 무단결석을 하거나 교사들과 마찰을 빚기도 했다. 급기야는 다니던 학교를 자퇴하고 말았다.

사춘기에 접어든 헤세는 절대적인 고독과 가족의 몰이해로 무척 힘들어했다. 그는 신과 부모, 세계로부터 버림받았다고 느꼈다. 바트볼에서 아리따운 소녀 엘리제와의 첫사랑에 실패한 뒤 권총으로 자살을 시도하기도 했다. 슈테텐의 정신 병원에서 건강을 되찾은 헤세는 다음 해에 칸슈타트의 김나지움에 들어갔다.

헤세는 에슬링겐에서 잠시 서점원 견습을 받고, 칼프에 있는 시계 공장에서 기계공 견습을 시작했다. 1895년 가을에는 튀빙겐의 헤켄하우어 서점에서 새로운 서점원 견습을 시작했다. 헤세는 신학 서적뿐 아니라 괴테와 레싱, 실러 같은 독일 작가들의 작품을 자주 읽었다. 그리고 그리스 신화에도 관심을 보였다. 그는 시간이 날 때마다 습작에 열을 올렸다. 1896년에는 그의 시 〈마돈나〉가 오스트리아 빈의 한 잡지에 게재되기도 했다.

그리고 1898년에는 바젤에 있는 고전 문학 전문 서점에서 일했다. 이 시기에 헤세는 노발리스와 클레멘스 브렌타노, 요제프 폰 아이헨도르프, 루트비히 티크 같은 낭만주의 작가들에게 매료되었다. 그 결과 그해에는 《낭만적인 노래들》이, 다음 해에는 《자정이 지난 시간》이 출간되었다. 하지만 문학적인 성공을 거두지는 못했다.

1900년, 헤세는 약시 판정을 받아 군복무를 면제받았다. 그는 평생에 걸쳐 안질환으로 고통을 겪었다. 신경 쇠약과 두통도 꾸준히 그를 괴롭혔다.

1902년에 9살 연상의 여인을 만났다. 바젤의 사진작가이자 '미아'라고 불리는 마리아 베르누이였다. 헤세는 그녀와 함께 이탈리아를 여행했다. 그리고 1904년에 그녀와 결혼해 보덴 호수에 정착했다. 하지만 결혼 생활은 곧 파경에 이르렀고, 1911년에 헤세는 결혼 생활에서 벗어나기 위해 친구와 함께 인도로 여행을 떠났다. 그리고 다음 해에 헤세 가족은 베른 근처에 있는 오스터문디겐의 멜헨뷜베르크로 이사했다.

1914년, 헤세는 약시 때문에 또다시 복무 부적격 판정을 받았다. 그리고 1916년의 신체검사에서도 야전 근무에 부적합하다는 판정을 받았다. 그 뒤로 요제프 베른하르트 랑 박사의 정신 분석을 받기 시작했다. 1917년에는 베른에서 카를 구스타프 융을 처음 만났다.

1919년, 헤세는 몬타뇰라의 카사 카무치로 거처를 옮겼다. 헤세의 부인 마리아는 요양원에서 정신 치료를 받았다. 1923년에 헤세는 그녀와 이혼하고, 다음 해에 바젤에서 피아니스트인 루트 벵어와 재혼했다. 그리고 그녀와 함께 카사 카무치로 돌아왔다. 그해 5월에는 다시금 스위스 국적을 취득했다.

1931년, 루트 벵어와 헤어진 헤세는 미술사학자인 니논 돌빈과 재혼했다. 다음 해에 그는 니논을 자신의 유고 관리인으로 지정했다. 1955년에는 니논이 헤세를 대신해 독일의 출판 협회에서 수여하는 평화상을 수상하기도 했다.

1946년 노벨 문학상은 헤세가 수상했지만, 그는 시상식에는 참석하지 않았다. 1947년에는 베른대학에서 명예박사 학위를 받았다.

1962년, 스위스 몬타뇰라의 명예시민이 된 헤세는 그곳에서 영면했다.

헤세가 영면에 든 후 그를 기리기 위해 3개의 문학상이 제정되었다. 1957년에 만들어진 카를스루에 헤르만 헤세 문학상과 1990년에 만들어진 칼프 헤르만 헤세상, 2017년에 만들어진 국제 헤르만 헤세 협회상이 그것이다.

헤르만 헤세의 작품 세계

—

자신의 인생을 글로 노래하다

헤르만 헤세의 작품들

• 1904년, 《페터 카멘친트》

문명 비평적인 성장 소설. 스위스의 작은 산골 마을에서 태어난 페터는 고향을 벗어나 도시로 떠난다. 하지만 거기서 친구의 죽음을 경험하면서 도시 생활에 염증을 느끼고, 다시금 고향과 자연의 품으로 돌아온다.

• 1906년, 《수레바퀴 아래서》

어린 시절의 경험을 바탕으로 쓰인 작품. 개인의 자유

를 속박하는 교육 제도에 대한 신랄한 비판을 담고 있다. 시골 마을에서 촉망받던 소년 한스 기벤라트는 신학교생활에 적응하지 못하고 학교를 떠난다. 그리고 내면의 갈등을 겪고 방황을 거듭하다 끝내 스스로 목숨을 끊는다.

• 1910년, 《게르트루트》

불의의 사고로 인해 불구가 된 음악가 쿤, 그가 사랑하는 여인 게르트루트 그리고 천재적인 음악가 모우트 사이의 삼각관계를 그린 음악 소설이다.

• 1914년, 《로스할데》

이 작품은 화가 베라구트와 그의 아내인 피아니스트 아델레의 갈등을 다루고 있다. 막내아들 피에르의 죽음으로 더 이상 결혼 생활을 유지하기 힘들다고 느낀 베라구트는 혼자 인도로 여행을 떠난다.

• 1915년, 《크눌프》

자연을 사랑하는 방랑자의 삶을 그린 소설이다. 이 작

품에는 3개의 이야기가 담겨 있다. 첫 번째는 크눌프가 친구 집에서 겪는 일을 다룬 이야기이고, 두 번째는 크눌프와 함께 방랑 생활을 한 친구의 시점에서 바라본 이야기이고, 세 번째는 늙고 병든 크눌프가 고향으로 돌아가 죽음을 맞이하는 이야기이다.

• 1919년, 《데미안》

헤세가 에밀 싱클레어라는 가명으로 발표한 이 작품은 내적 갈등과 혼란을 겪던 주인공이 친구 데미안의 도움으로 자신에게 이르는 길을 찾게 되는 이야기다. 1차 세계대전에 참전한 싱클레어는 부상을 입고 병원에 입원한다. 데미안은 병상에 누운 그에게 다음과 같이 말한다.

"너는 너 자신의 목소리에 귀를 기울여야 해."

• 1922년, 《싯다르타》

이 작품에서는 젊은 브라만인 싯다르타가 깨달음을 찾아가는 여정이 그려진다. 싯다르타는 친구 고빈다와 함께

출가해 고행의 길을 걷는다. 우연한 기회에 석가모니 고타마를 만나지만, 그의 가르침에서 깨달음을 얻지는 못한다. 잠시 세속적이고 향락적인 삶을 경험하기도 한다. 그리고 마지막에는 뱃사공 바수데바의 도움으로 강에서 깨달음을 얻는다.

• **1927년, 《황야의 늑대》**

주인공 하리 할러가 겪게 되는 내적 갈등과 자아 탐구를 다룬 소설이다. 이 작품에서 헤세는 시대의 위기 상황과 연계시켜 자신의 정신적인 질병과 고뇌를 고백한다. 중년의 지식인 할러는 자신을 '황야의 늑대'라고 부른다. 그는 시민 세계에서도, 예술 세계에서도 고향을 느끼지 못한 채 두 세계 사이에서 방황한다. 그러다 '마법 극장'이라는 환상적인 공간에서 단일성의 가능성을 발견한다.

• **1930년, 《나르치스와 골드문트》**

중세적인 분위기의 마리아브론 수도원에서 두 청년이 겪게 되는 우정과 갈등을 그리고 있다. 골드문트는 수도원을 벗어나 세속적인 삶을 추구하지만, 인생의 무상함을 깨닫고 다시금 수도원으로 돌아온다. 그리고 나르치스의 도움을 받아 진정한 자아의 완성을 이루어 낸다.

• 1943년, 《유리알 유희》

《유리알 유희》는 헤세의 대표작 가운데 하나로 평가받는다. 이 작품은 카스탈리엔이라는 가상의 세계에서 벌어지는 유리알 유희를 그리고 있다. 주인공 요제프 크네히트는 유리알 유희의 명인이다. 유리알 유희는 음악과 수학, 철학 등 다양한 학문과 예술이 어우러진 신비로운 놀이다. 그리고 카스탈리엔은 모든 이념적인 대립과 갈등을 초월하는 절대적인 공간이다.

이 작품의 화두는 영원한 유희와 음양의 조화라고 할 수 있다. 이 작품으로 헤세는 1946년에 노벨 문학상을 수상한다.

헤세의 거의 모든 작품에는 자전적이고 고백적인 요소와 인간 존재에 대한 근원적인 질문이 담겨 있다. 이들 가운데서 그의 어린 시절의 추억과 아픔, 교육의 문제를 다룬 《수레바퀴 아래서》와 인간의 내면을 심도 있게 탐구한 영혼의 해부도 《싯다르타》를 들여다보기로 한다.

《수레바퀴 아래서》에 나타난 헤세의 교육관

"학교와 아버지 그리고 몇몇 선생님의 야비한 명예심이 연약한 어린 생명을 이처럼 무참하게 짓밟고 말았다는 사실을 생각한 사람은 없었다. 왜 그는 가장 감수성이 예민하고 상처받기 쉬운 소년 시절에 매일 밤늦게까지 공부를 해야만 했나. 왜 그에게서 토끼를 빼앗고, 라틴어 학교에서 같이 공부하던 친구에게서 멀어지게 했는가. 왜 낚시하러 가거나 시내를 거닐어 보는 것조차 금지했나. 왜 심신을 피곤하게 만들 뿐인 하찮은 명예심을 부추겨 그에게 저속하고 공허한 이상을 심어 주었나. 왜 시험이 끝난 뒤에도 응당 쉬어야 할 휴식조차 허락하지 않았나. 이제 지칠 대로 지친 나머지 길가에 쓰러진 이 망아지는 아무 쓸모도 없는 존재가 되어 버린 것이다."

헤르만 헤세의 《수레바퀴 아래서》는 개인적인 삶의 경험을 기록한 자서전이면서 동시에 억압적인 학교 교육과 위선적인 권위에 대한 비판서다. 헤세는 이 작품에서 자기 자신뿐 아니라 동시대를 살아가는 청소년들의 고뇌를 대변하고 있다.

이 작품에 등장하는 인물들은 거의 모두 위선적이며 억압적인 질서를 대변하고 있다. 마을 목사나 라틴어 학교의 교장 선생, 신학교의 교사들은 전통적인 규범과 종교적인 권위를 전적으로 신봉한다. 그리고 자라나는 청소년들에게 이러한 질서와 규범을 강요한다.

헤세가 소설 《수레바퀴 아래서》를 집필하게 된 직접적인 계기는 자신뿐 아니라 동생이 겪은 학교에서의 '불편한 진실' 때문이었다. 나중에 그는 〈한스에 대한 기억〉에서 다음과 같이 적었다.

"나에게도 많은 갈등을 가져다준 라틴어 학교가 시간이 지날수록 그에게는 점점 비극으로 바뀌었다. 내 경우와는 다른 방식과 다른 이유로 말이다. 내 동생의 고통스러운 학교생활이 《수레바퀴 아래서》라는 단편 소설을 쓰게 된 동기가 되었다. 내가 겪은 학교생활과 마찬가지로 말이다."

《수레바퀴 아래서》가 출간되기 전, 헤세는 카를 이젠베르크에게 다음과 같이 편지를 보냈다.

"학교는 우리 시대의 문화와 관련된 매우 중요한 문제입니다. 저는 이 문제를 꽤나 진지하게 받아들이고 있습니다. 그리고 가끔은 이 문제 때문에 감정을 주체하지 못하기도 합니다. 나는 학교생활에서 많은 부분을 잃었습니다. 내가 아는 뛰어난 사람들 가운데 거의 모두가 나와 같은 고통을 겪었습니다. 나는 거기서 라틴어와 거짓말만 배웠습니다. 왜냐하면 거짓말을 하지 않고는 칼프와 김나지움에서 살아남지 못하기 때문입니다. 내 동생 한스의 경우처럼 말입니다. 그는 정직했기 때문에 칼프에서 거의 죽음의 나락으로 내몰리기도 했습니다. 그 뒤로도 그는 언제나 수레바퀴 아래 깔려 있었습니다."

독일에서 권위적인 교육은 빌헬름 시대와 나치 시대에 널리 행해졌다. 그 당시에는 복종의 의무를 수행하고 사회의 규율을 준수하는 것이 최고의 덕목으로 치부되었다. 하지만 권위적인 교육은 자라나는 아이들의 자아의식과 자존감을 해칠 뿐 아니라 사회 구성원과의 신뢰감을 약화시킨다. 명령에 복종하고 질서에 순응하는 데 익숙해지기 때문에 자율적인 사고와 행동을 기대하기 어렵고, 예기치 않은 문제에 부딪힐 때 능동적으로 대처할 수 있는 능력도 부족해진다.

당시 헤세는 학생들의 개성과 자율성이 사회적인 규범성보다 우선한다고 보았다. 그는 교육의 궁극적인 목표는 외부로부터 영향을 받지 않고 자신의 고유한 개체적 특성을 유지하고 발전시키는 것이라고 여겼다. 그가 내세우는 인간 또한 사회적인 구성원으로서의 존재가 아니라 숭고한 가치를 지닌 자율적인 인격체로서의 존재다.

영혼의 전기 《싯다르타》

'인도의 시학'이라는 부제를 붙인 《싯다르타》는 인도의 철학과 종교를 집대성한 작품이다. 헤세는 석가의 전설적인 생애를 심리학과 종교학을 아우르는 발전 소설, 내지 교양 소설 형식으로 엮어 냈다. 그는 정신과 자연의 이원적인 대립 구도에서 벗어나 초월적인 종합 명제를 구현하려고 했다.

헤세는 어린 시절부터 인도와 중국의 종교와 시학을 호흡할 수 있는 환경에서 자라났다.

"여기서 우리는 기도했고, 성경을 읽었다. 여기서 우리는 인도의 문헌을 공부했다. 여기서 좋은 음악을 수없이 들었고, 여기서 우리는 붓다와 노자를 알았다."

헤세의 아버지는 인도에서 선교 활동을 한 금욕주의적인 구도자였고, 인도 태생인 어머니는 동양학자이자 목사인 헤르만 군데르트의 딸이었다. 어머니의 사촌 빌헬름 군데르트는 오랫동안 일본에 체류하면서 일본학과 불교 철학을 연구하기도 했다. 이처럼 동양은 헤세의 삶과 불가분의 관계를 맺고 있을 뿐 아니라, 그의 정신과 문학 또한 동양 세계에 깊이 뿌리박고 있다. 이러한 맥락에서 우리는 헤세의 동양적인 취향과 세계 시민적인 기질을 엿볼 수 있다.

《싯다르타》에는 힌두교의 범아일여(梵我一如)와 중국의 도(道)가 짙게 배어 있다.

"나의 성자는 인도 복장을 하고 있지만, 그의 지혜는 고타마보다 노자에 더 가깝다."

헤세는《싯다르타》에 대해 이렇게 말한다.

"이 책에서 나의 믿음이 인도의 이름과 인도의 얼굴을 하고 있다는 사실은 결코 우연이 아니다. 나는 2가지 형태의 종교를 체험했다. 하나는 경건한 신교도의 아들이자 손자로서 체험한 종교이고, 다른 하나는 인도적인 계시의 독자로서 체험한 종교다. 나는 기독교와 마찬가지로 정신적인 인도를 어린 시절부터 호흡하고, 체험했다."

이 작품에서 헤세가 주창하는 진정한 종교는 '사랑의 종교'다. 불교의 고타마도, 기독교의 예수도, 도교의 노자도 모두 인간에 대한 사랑, 삶에 대한 사랑, 실존에 대한 사랑을 보여 준다.

"나의 《싯다르타》가 인식이 아닌, 사랑을 맨 위에 설정한 것 그리고 독단적인 교리를 거부하고 단일성의 체험을 중심에 놓은 것을 사람들은 기독교로의 회귀, 정말이지 신교도적인 성향으로 이해할 수 있을지 모른다."

헤세는 자신이 우파니샤드, 붓다, 유교, 노자뿐 아니라 《신약 성서》에서도 진리를 깨달았다고 고백한 적이 있다. 여기서 헤세가 말하는 《신약 성서》는 바울 서신이 아닌 복음서이며, 기독교는 제도화되고 교권화된 종교가 아니라 신비주의로 채색된 원초적인 신앙을 일컫는다. 헤세는 '기독교로의 개종'이 아니라 '기독교와의 화해'를 추구했다. 또한 여러 종교와 여러 인종, 여러 문화를 수렴할 수 있는 단일적인 세계관을 피력하고 있는 것이다.

그의 심오한 철학을 담은 《싯다르타》의 출현은 1920년대에 유럽을 풍미한, 동양에 대한 열풍과도 무관하지 않다. 특히 전후의 독일에서 동양의 정신세계는 커다란 반향을 불러일으켰다. 1917년에 문화 철학자 루돌프 판비츠는 '유럽 문화의 위기'를 극복하기 위한 대안을 동양에서 찾으려고 했다. 이 당시에 유럽은 '온전성에 대한 굶주림'을 느끼고 있었다. 동양은 시민 사회의 몰락과 이성 만능주의를 신봉하는 유럽에서 벗어날 수 있는 유일한 도피처로 간주되었던 것이다.

차례

○○ 1장 홀로 내딛는 발걸음이 삶을 향하는 첫걸음이다

3장 기쁨은 언제나 불현듯 찾아온다

4장 잘못 든 길이 때로는 인생의 지도를 그린다

5장 긴 여정의 끝에는 내가 기다리고 있다

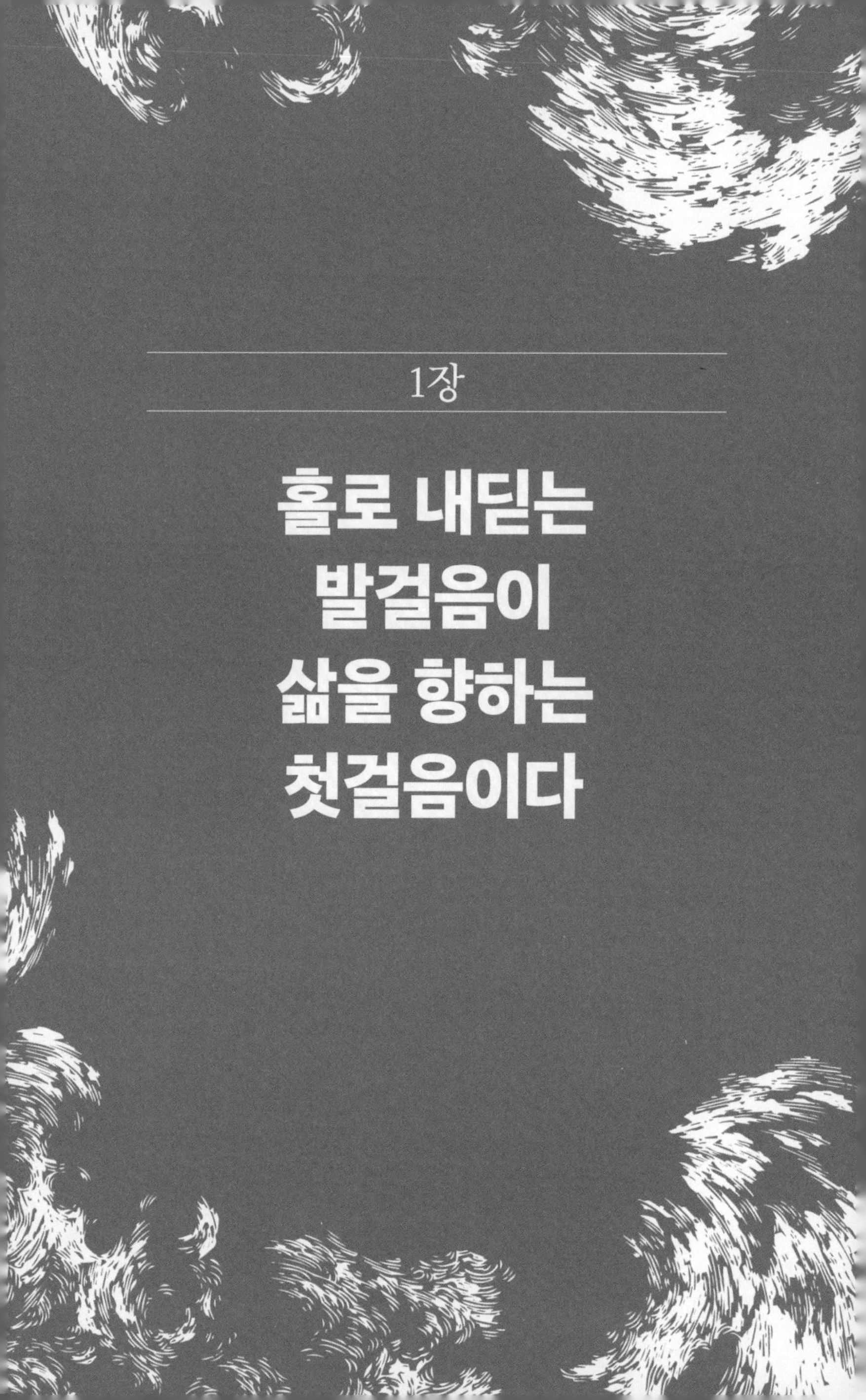

1장

홀로 내딛는 발걸음이 삶을 향하는 첫걸음이다

장 해설

고독은 나를 만나는 유일한 시간이다

헤세는 고독했다. 혼자 있을 때도 군중 속에 있을 때도 그랬다. 고독은 그에게 피할 수 없는 숙명이었다. 그래서 헤세는 고독을 받아들이기로 했다. 고독 속에서 산책을 즐겼고, 산책하면서 사색을 즐겼다. 그리고 사색과 더불어 창작에 몰두했다.

고독은 단순한 외로움이 아니다. 오롯이 나 자신과 마주하는 시간이다. 나를 성찰하고 본연의 자아를 발견할 수 있는 시간이다.

헤세는 현실에서 많은 혼돈과 갈등을 겪었다. 그리고 그로 인해 무척 힘들어했다. 하지만 그는 문학과 예술의 힘으로 역경을 극복해 냈다. 누구나 젊은 시절에는 좌절과 방황을 경험한다. 그리고 나이가 들면서 한층 더 성숙하고 정연한 질서의 세계로 들어선다. 헤세도 그랬고, 우리 또한 다르지 않다.

"피할 수 없으면 즐겨라"라는 말이 있다. 피할 수 없는 모험이라면 더더욱 그렇다. 인생은 피할 수 없는 모험이다. 그렇기에 온몸으로 기꺼이 즐겨야 한다.

헤세는 이렇게 말했다.

"그대 여정의 마지막에는 고향이 있을지니."

꿈 많은 시절에는 낯선 곳으로 떠나고 싶어 하고, 세월이 흐른 뒤에는 다시금 정든 곳으로 돌아오려 한다. 인생은 원심력과 구심력 사이의 길항으로 점철되는 여정이라고 할 수 있다.

인생의 이정표는 언제나 고향을 가리키고 있다. 고향으로 돌아와 인생의 마지막 장을 넘길 때 비로소 인생이 완성되는 것이 아닐까 싶다.

"우리는 바람에 흩날린 채 자신의 고유한 삶을 누리지 못하는 나뭇잎과 같다."

《데미안》에 나오는 문장이다. 어쩌면 우리는 바람에 흩날리는 낙엽처럼 주체적인 삶을 살지 못하고 세파에 휘둘리며 살아왔는지도 모른다. 하지만 슬퍼할 필요 없다. 뿌리로 돌아간 낙엽은 봄이 되면 푸르름으로 다시금 새롭게 태어난다.

인생은 누구나 혼자일 뿐 서로를 알지 못한다

안개 속을 거닐어 보라.
얼마나 오묘한지.
숲과 바위는 홀로 서 있고,
나무는 다른 나무를 보지 못한다.

누구나 혼자일 뿐.

내 삶이 아직 밝았을 때는
세상이 온통 친구들로 가득했다.

이제 안개가 내리니 아무도 보이지 않는다.

어둠을 모르는 자는 지혜롭지 못하다.

어둠은 은밀하게 다가와

서로에게서 서로를 떼어 놓는다.

안개 속을 거닐어 보라.

얼마나 오묘한지.

삶은 고독,

서로는 서로를 알지 못한다.

누구나 혼자일 뿐.

헤세의 시 〈안개 속에서〉는 가장 널리 알려진 시 가운데 하나다. 어둠이 내리고 안개가 자욱해지면 서로 알아보지 못한다. 그런데 밝은 대낮에도 서로를 잘 알아보지 못하는 것은 우리가 마음의 눈으로 보지 못하기 때문이 아닐까.

세상의 유혹과 이방인의 욕망 사이에서 흔들리다

어느 날 저녁, 강 위에서는 등 축제가 벌어지고 있었다. 그는 강 건너편 둑을 혼자 거닐었다. 그리고 강물 쪽으로 굽은 나무에 몸을 기댔다. 강물 위에서는 수천 개의 불빛이 헤엄을 치기도 하고 살포시 떨기도 했다. 작은 배와 뗏목 위에서는 아름다운 꽃처럼 환하게 차려입은 성인 남녀와 젊은 처녀들이 서로 인사를 나누고 있었다.

그는 강물이 살랑거리는 소리를 들었다. 여가수들의 노랫소리도 들었고, 하프와 플루트를 연주하는 소리도 들었다. 아름다운 음악이 흐르는 가운데 푸른빛을 머금은 밤하늘이 사원의 둥근 천장처럼 두둥실 떠 있었다.

그는 눈이 시리도록 아름다운 광경을 혼자 물끄러미 바라만 보았다. 물론 강을 건너가 그들과 함께 어울리고 싶은 마음이 간절했다. 사랑하는 신부와 친구들과 함께 축제를 즐기고 싶었다. 하지만 그는 섬세하고 예민한 방관자로서 이 모든 걸 마음속에 온전히 받아들이고, 자신의 시에 고스란히 담아내고 싶었다. 푸른 밤하늘, 강물 위로 펼쳐지는 불꽃의 향연, 축제 손님들의 환희에 찬 표정 그리고 강물 위로 뻗은 나무에 기대어 말없이 바라보고 있는 자신의 애절한 그리움.

그는 이 세상의 모든 향연과 쾌락에도 결코 자신이 행복해질 수 없다는 것을 알고 있었다. 삶의 한가운데서 외롭고 낯선 이방인으로 남을 수밖에 없다는 것도 잘 알고 있었다. 그리고 아름다운 세상의 유혹과 이방인의 은밀한 욕망을 동시에 느끼는 게 자신의 운명이라고 여겼다. 그에게 진정한 행복을 주는 것은 세상을 자신의 시에 온전히 투영하고, 세상을 정화하고, 영원히 기리는 일이었다.

헤세는 평생 삶의 한가운데서 외롭고 낯선 이방인으로 살았다. 수많은 사람과의 교류에도 그는 언제나 외로움을 느꼈다. 그리고 삶과 예술의 경계선 위에서 위험하고도 힘겨운 줄타기를 해야만 했다.

내뱉고 마시는 모든 숨에 고독이 있다

그대에게서 벗어나기 위해 포도주에 취했었다.
그대의 검은 눈동자를 바라보기조차 두려웠었다.
라우테의 선율에 흠뻑 취해 그대를 잊기도 했다.

나는 패륜아였다.

언제나 그대는 말없이 내게로 다가왔다.
내가 마시는 포도주에도 그대가 있었다.
내가 무심코 내뱉은 말에도 그대가 있었다.

지금 나는 그대 품에 안겨 있다.

그대는 방랑에 지친 나를 따뜻하게 반겨 주었다.

헤세는 언제나 고독을 느꼈다. 심지어 사랑하는 사람 곁에서도 고독을 느꼈다. 사랑하는 사람이 곁에 없을 때는 더욱더 애절한 고독감에 괴로워했다.

아무도 반기지 않는 곳에서 산책을 즐기다

독자가 작가에게 편지를 쓸 때는 작가의 신작이 마음에 들었다거나 축하한다는 말을 빼놓지 않습니다. 그리고 작가가 쓴 다른 작품에 대해 비판적인 견해를 드러냅니다. 저의 경우도 다르지 않습니다. 《싯다르타》를 좋아하는 독자는 《데미안》이나 《클링조어의 마지막 여름》을 별로 마음에 들어 하지 않습니다. 그리고 《황야의 늑대》를 좋아하는 독자는 《요양객》을 그리 달갑게 받아들이지 않습니다.

시인은 어머니와 같은 존재입니다. 나에게 《크눌프》나

《데미안》, 《싯다르타》, 《클링조어의 마지막 여름》, 《황야의 늑대》, 《나르치스와 골드문트》는 모두 다 같은 형제입니다. 겉으로만 달리 보일 뿐 모두 동일한 주제에서 태어났습니다.

누군가는 《황야의 늑대》에서 재즈 음악이나 무도회에 시선을 빼앗긴 나머지 마술 극장이나 모차르트, 불멸에 대해서는 전혀 관심을 두지 않습니다. 《나르치스와 골드문트》에서는 나르치스와의 애절한 사랑이 가장 마음에 들었다며 떠벌리기도 합니다. 하지만 이는 내 탓이 아닙니다. 독자들이 자신이 선호하는 작품을 칭송하면서 다른 작품을 무시하는 게 바람직한 태도는 아닐 것입니다.

내 작품이 전혀 이해되지 못할 때도 있고, 독자들의 관심을 얻지 못할 때도 있습니다. 물론 독자들로부터 인정받고 존중받기를 원하지만, 그런 기대를 품는 것 자체가 나의 자존감을 상하게 하는 일이기도 합니다.

《황야의 늑대》가 비평가들 사이에서 전혀 이해되지 못했을 때 정말이지 나는 무척 당황했습니다. 마음의 상처를 입기도 했습니다. 하지만 나는 개의치 않기로 했습니다. 시간이 지나면서 그런 경험이 오히려 은밀한 희열과 자긍심으로 바뀌었습니다.

세상 사람들이 반기지 않는 작품들은 나와 내 친구들을 위해 온전히 남아 있습니다. 그 책들은 개방된 공원이 아니라 나만의 정원입니다. 그곳에서 나는 홀로 산책을 즐깁니다. 가끔은 책을 꺼내어 읽기도 합니다. 나는 세상에 널리 알려진 유명한 작품들은 읽지 않습니다.

헤세가 독자에게 보낸 편지다. 헤세는 모든 작품이 작가의 열정과 애정이 담긴 창작물이라고 말한다. 자신이 낳은 자식을 사랑하지 않는 부모가 없듯이 자신이 쓴 글을 사랑하지 않는 작가는 없다.

모든 길은 그냥 길일 뿐이다.

단 하나의 올바른 방향은 존재하지 않는다.

어둠을 씻어 낼 수 있는
하루 중 유일한 기회

매일 저녁
그대의 하루를 돌이켜 보라.

그대가 신의 뜻을 온전히 좇았는지,
행여 신의를 저버리지는 않았는지,

아니면 불안과 후회에 사로잡힌 채
무기력한 시간을 보내지는 않았는지.

그대가 누군가를 미워하거나
혹은 누군가에게 잘못을 저질렀다면
조용히 고개 숙여 그대의 허물을 반성하라.

그래서 잠자리에 들기 전
그대의 영혼이 어둠의 그림자에서 벗어나
아무 걱정 없이 편히 쉴 수 있게.

사랑하는 이름들을 떠올려 보라.
그대의 어머니와 그대의 어린 시절을.

그리고 황금빛 꿈이 솟아나는 샘에서
청량한 생수를 마음껏 들이마셔라.

그러면 그대는 해맑은 정신으로
영웅처럼 승자처럼
새로운 날을 맞이할 것이다.

누구나 잠자리에 들기 전에 오늘 하루를 정리하고 내일을 준비한다. 밝은 해가 떠오르면 어둠의 그림자는 이내 사라지기 마련이다.

암울한 톨스토이보다 고결한 괴테의 글을 읽고 싶다

날이 어둡고 서늘해졌다. 나는 톨스토이의 《부활》을 손에서 내려놓았다. 처음에 나는 이 책을 읽지 않을 생각이었다. 하지만 온 세상이 이 책에 열광하는 바람에 어쩔 수 없이 읽기로 했다. 그리고 마침내 이 책을 다 읽어 냈다.

이 러시아인을 감싸고 있는 것은 암울하고 투박한 공기였다. 그리고 그게 나의 가슴을 무겁게 짓눌렀다. 이런 글을 읽는다는 것은 여간 힘든 일이 아니다.

톨스토이는 졸라나 입센, 헤벨 같은 부류의 작가들과 크게 다르지 않다. 물론 그들 앞에 서면 나는 존경심을 나타내겠지만 굳이 그들을 만나고 싶지는 않다.

톨스토이는 영혼을 울리는 위대한 작가 가운데 하나다. 그는 어디선가 진리의 목소리를 들었다. 모든 역경과 시련에도 불구하고 그 목소리를 끝까지 버리지 않았다. 그럼에도 그를 초라하게 만드는 것은 바로 심각함과 암울함, 성숙한 문화의 부재와 같은 러시아적인 기질이다.

성 마틴이나 프란치스코도 톨스토이처럼 가르침을 보여 주었다. 그런데 톨스토이의 작품 속 인물과 교훈이 어둡고 거칠고 우울한 데 반해 그들은 모두 밝고 부드럽고 유쾌했다.

나는 부정하지 않겠다. 언젠가는 여기서 세상을 바꾸는 힘이 생겨나리라. 하지만 이처럼 거칠고 조야한 싹에서 온전한 예술이 자라나기 위해서는 적어도 100년이 넘게 걸릴지도 모른다. 톨스토이의 목소리는 격정에 사로잡힌 광신도의 울부짖음처럼 들린다. 그리고 동유럽 야만인들의 목젖 울리는 소리처럼 듣기가 무척 곤혹스럽다.

정말이지 나는 따사로운 봄날에 푸른 잔디에 누워 마음 편히 괴테의 글을 읽고 싶다.

헤세는 괴테를 무척 좋아했다. 젊은 시절, 서점에서 일할 때도 괴테의 책을 즐겨 읽었다. 헤세의 문학은 침울하고 어두운 세계에 머물러 있다. 하지만 역설적으로 그는 괴테의 밝고 고결한 세계를 갈망했다.

ㅇㅇ

불확실한 현실에서
더 선명해지는 이름이 있다

들길을 걷다가

나비 한 마리를 보았다.

희고 검붉은 나비가

하늘빛 바람에

살포시 흔들리고 있었다.

어린 시절에는

세상이 아침 햇살처럼 눈부셨고,

하늘은 손에 닿을 듯 가까이 있었다.

그때,

나는 너를 마지막으로 보았다.

아름다운 날개를 퍼덕이며

낙원에서 내게로 날아온 너를.

나는 낯설고 수줍은 눈으로

너의 신성한 광채를

흘낏 바라보았을 뿐이다.

희고 검붉은 나비는

홀연히 들판 너머로 날아갔다.

나는 꿈을 꾸듯 걸어갔다.

낙원에서 보내온 빛의 여운이

들녘을 찬연히 감싸고 있었다.

헤세의 시와 산문에는 나비가 많이 등장한다. 나비는 현실과 이상, 속세와 영원을 잇는 존재다. 그의 단편 〈나비〉에서는 나비가 순수한 열정과 아름다움을 상징한다.

낙원은 녹색의 모습을 하고 있다

나는 도시 주변에 있는 아름다운 자연을 보러 다녔다. 숲과 산, 초원, 과일나무는 무언가를 기다리고 있는 것처럼 보였다. 어쩌면 나를 기다리고 있는지도 모른다. 아니면 누군가의 사랑을 기다리고 있는 것인지도 모르겠다.

나는 자연의 고요한 아름다움에 매료되었다. 내 안에서 심오한 생명의 샘물이 솟구쳐 올랐다. 자연에 대한 욕망은 의식되고, 이해되고, 사랑받기를 원했다.

사람들은 말한다. 그들이 '자연을 사랑하고 있다'고. 그들은 대지의 아름다움을 즐기며 잔디를 짓밟고 꽃과 가지를 꺾는다. 꽃은 이내 시들어 버리거나 땅바닥에 내던져진다. 그들은 그렇게 자연을 사랑한다.

나는 자연의 심연 속으로 점점 더 빠져들었다. 나무의 우듬지에서 신비로운 바람 소리가 들려오고, 골짜기 사이로 물살이 거세게 흐르고, 평원을 가로질러 강물이 고요히 흘러가고 있었다.

나는 신비롭고 아름다운 자연의 소리가 바로 신의 언어라는 것을 깨달았다. 그리고 이 소리를 이해하는 것이 잃어버린 낙원을 되찾는 것이라는 사실도 깨달았다.

헤세의 초기 소설《페터 카멘친트》에 나오는 대목이다. 자연에서 자라난 주인공 페터는 '녹색의 페터'라고 불린다. 그는 자연과의 교감을 통해 인생을 배우고 신의 존재를 깨닫는다.

삶은 우리가 날마다 포장을 풀어 볼 수 있는
선물과도 같다.

OO

누구라도 강해질 수 있는 비밀의 세계

나는 버릇없고 제멋대로인 아이였다. 나 때문에 아버지는 얼마나 많이 걱정하고, 어머니는 얼마나 많이 탄식하며 슬퍼했을까. 하지만 내 이마에도 신의 광채는 빛나고 있었다. 꿈속에서는 천사와 기적과 동화가 형제자매처럼 사이좋게 어우러졌다.

모든 게 완전히 사라진 것은 아니다. 동심의 세계와 자연에 귀를 기울이면 누구라도 아름다운 동화의 향기에 흠뻑 젖는다.

우리가 좀 더 자주 그 길을 갈 수만 있다면 그리고 그 시절과 함께할 수만 있다면 우리는 더욱더 강해지고 풍요로워질 것이다.

《이 세상에서》는 단편 소설 모음집이다. 대부분은 성인이 된 주인공이 자신의 어린 시절과 젊은 시절을 회상하는 이야기로 구성되어 있다. 자전적인 색채가 짙고, 아름다운 자연과 감성적인 내면세계가 섬세하게 그려져 있다.

이름만 들어도 가슴이 먹먹해지는 곳이 있다

그대는 웃고 있네요. 그대는 자꾸 묻고 있네요. 내가 그대에게 무슨 말을 해야 할까요.

이 어두운 방, 아무 장식도 없는 벽, 작은 난롯불, 피아노 위의 어스름한 달빛, 고요함이 깃든 늦은 시간이 모든 것을 말해 주고 있네요.

내가 '나의 어머니'라고 말하면 그대는 무엇을 떠올리나요. 그대는 그녀의 검은 머리와 갈색 눈을 볼 수 있나요.

내가 '종소리가 들리는 풀밭'이라고 말하면 그대는 무엇을 떠올리나요. 밤나무가 바람에 흔들리는 소리를 들을 수 있나요. 라일락 덤불에서 풍겨 나오는 향기를 맡을 수 있나요. 초롱꽃으로 뒤덮인 푸른 잔디를 볼 수 있나요.

내가 그대에게 내 고향의 도시 이름을 말하면 그대는 무엇을 떠올리나요. 그대는 첨탑과 구름다리 아래 잔잔히 흘러가는 강물을 볼 수 있나요. 눈 덮인 산 너머 아스라한 풍경을 볼 수 있나요. 투박한 방언이 섞인 민요를 들을 수 있나요. 내 고향에 대한 향수를 느낄 수 있나요.

나는 그 이름만 들어도 가슴이 먹먹해진답니다.

헤세의 산문집 《자정이 지난 시간》에 수록된 글이다. 헤세는 모두가 잠든 깊은 밤에 사색하는 것을 즐겼다. 고향에 대한 향수는 '어머니 대지'에 대한 향수이기도 하다.

과거는 바랠지언정 결코 빛을 잃지 않는다

1.

마음이 여유롭고 한가할 때는 잔디밭에 누워 푸른 하늘을 올려다본다. 때로는 나무 위를 기어올라 가 요람 위의 아이처럼 가볍게 몸을 흔들면서 꽃망울 냄새와 신선한 수지(樹脂) 냄새를 맡는다. 한껏 꿈에 취해 어린 시절의 정원에 발을 들여놓으면 신의 손이 빚어낸 놀라운 세상을 다시 한번 경험하게 된다.

나는 오늘 그리고 날마다 이 세상과 내 삶에 만족한다. 하지만 어린아이의 눈으로 보았던 아름답고 찬란한 빛을 온전히 지켜 낼 수는 없다.

2.

욕망의 불꽃이 붉게 피어나고

그대의 가슴에는

꽃망울이 즐거이 미소 짓고 있다.

내 혀 아래서 두려움에 떨며.

한때는 나도 어린 소년이었다.

세월이 흐르면 사진은 희미해진다. 하지만 추억은 희미해지지 않고, 오히려 더 또렷해진다. 사진의 색깔은 바래도 마음 속에서 찬란히 빛나는 추억은 결코 바래지 않는다.

또한 어린 시절의 동심은 나이가 들어 가면서 욕망으로 바뀐다. 무언가를 욕망한다는 것은 내가 성숙해졌다는 의미이기도 하다. 욕망을 두려워하지 말아야 한다. 그렇다고 동심을 욕망으로 채우려 해서도 안 된다.

낯선 얼굴들은
익숙한 추억이 되어 찾아온다

불안스레

넓은 홀을 가로질러 걸어간다.

낯선 얼굴들이 스쳐 지나간다.

천천히 하나둘씩

희미한 얼굴빛으로.

가물대는 빛 가운데

낯익은 얼굴이 나타나고
오랜 추억이 되살아난다.

방금까지도
낯설게 여겨졌던 얼굴들이
이제는 친숙하게 다가온다.

나는 그들의 이름을 들어 본다.

부모, 형제, 어릴 적 친구들.
내가 존경했던 영웅들, 여인들, 시인들.

하지만 누구 하나
내게 눈길조차 주지 않고,

가물거리는 촛불처럼
허공 속으로 사라져 간다.

어디선가 시를 읊는 소리가 들려온다.

아련히 떠오르는 추억들이

내 가슴을 아프게 한다.

이제는 꿈으로 변해 버린 날들에 대한 짙은 아쉬움.

환희에 빛나던 날들은 이미 저물었다.

헤세의 〈꿈〉이라는 시다. 그는 작품에서 꿈에 관해 자주 언급한다. 이는 그가 심리 치료나 정신 치료를 받은 이유이기도 하고 또한 그로 인한 영향이기도 하다. 꿈속에서는 모든 것이 낯설어지기도, 익숙해지기도 한다.

우리가 걷는 인생길은

언제나 고향과 맞닿아 있다.

ㅇㅇ

예술 이전의 아름다움, 예술 이상의 황홀함

최근에 나는 청량하고 선명한 푸른 녹색을 보았다. 저녁노을 뒤의 하늘 색과도 같은, 황금빛이 아니라 은빛으로 물든.

말로 형용할 수 없는 색깔, 광택이 없는 은빛은 나에게 놀라운 쾌락을 선사했다. 나도 모르는 사이에 내 영혼이 바다의 품에 안겨 중력의 법칙에서 벗어나는 느낌. 예술적으로나 시적으로 혹은 철학적으로 차마 표현할 수 없는 무한한 깊이와 고요. 그것은 더 이상 아름다운 형상에 대한 기쁨, 훌륭한 예술 작품 앞에서 느끼는 자기도취가 아니었다.

이제 나는 내가 믿는 종교가 미신이 아니라는 것을 안다. 모든 육체적, 정신적인 것들은 아름다움과의 관계에서 바라보아야 하고, 종교는 그런 아름다움과 더불어 순수함과 지고한 행복감을 누리게 해 준다. 이와 동시에 희생과 고통을 감수해야 하고, 때로는 절망감과 싸워야 한다는 것도 잘 알고 있다.

헤세는 아름다운 자연을 바라보며 말로 형용하기 힘든 경이로움을 느낀다. 자연의 지고한 아름다움은 종교와 다르지 않다. 그것은 예술 이전의 아름다움이고, 예술 이상의 아름다움이다.

사랑은 피할 수 없는 운명이자 축복이다

내 나무에서

꽃잎이 떨어지고

꽃마저 이내 시들어 간다.

어지러운 꿈들이

기이한 형상으로

나에게 인사를 건네고,

텅 빈 어둠이

나를 에워싼다.

하지만 밤하늘의 별들은
외로운 내 마음을 달래 주고,
조금씩 조금씩
내게 가까이 다가온다.

칠흑 같은 어둠 속에서
내 운명을 이끌어 주는 별.

지금 나는
무언의 노래를 부르며
가슴속 깊이 너를 기다린다.

내 눈은 여전히 고독 속에 잠겨 있다.

언제쯤이면 또다시
마음껏 눈물을 흘리고

미소 지을 날이 올 것인가.

그리고 아무 주저 없이
사랑하는 그대에게
내 운명을 맡길 수 있을까.

누군가를 만나는 것도 누군가를 사랑하는 것도 운명이다. 사랑하는 사람과 더불어 아름다운 인생을 살아갈 수만 있다면 그보다 더한 축복은 없을 것이다.

암울하고 절망적인 어둠을 밝히는 찰나의 빛

인생이 결코 쉽지 않다는 것을 나는 어릴 때부터 어렴풋하게 느끼고 있었다. 그때 느꼈던 모순의 감정이 지금도 여전히 남아 있다. 바로 그 감정이 내 인식의 뿌리를 형성했다.

내 삶은 가난하고 힘겨웠다. 하지만 때로는 여유롭고 멋지다는 생각이 들기도 했다. 인간의 삶은 깊고 슬픈 밤처럼 느껴진다. 이따금 섬광이 번쩍이지 않으면 견디기 힘든 밤. 번개가 치면 세상이 순식간에 밝아지면서 잠시 나마 마음의 평안과 위로를 얻는다.

일상은 암울하고 절망적인 어둠의 반복이다. 도대체 무엇을 위해 아침에 일어나 먹고, 마시고, 저녁에 잠자리에 눕는 것일까. 건강하고 젊은 사람이나 짐승에게는 이처럼 무료한 일상이 별로 문제가 되지 않는다. 관념에 사로잡히지 않은 사람이라면 기꺼이 아침에 일어나 먹고, 마시며 여유로운 삶을 즐길 것이다.

하지만 진정한 인생의 순간을 열망하는 사람에게는 창조적인 순간이 필요하다. 그 순간에는 우연이라고 여겨졌던 모든 일이 신의 뜻으로 느껴진다. 신비주의자들은 이를 '신과의 합일'이라고 부른다. 어쩌면 그 순간에 생겨나는 광채가 다른 모든 사물을 어둡게 만드는 것인지도 모른다. 마법에 걸려 구름 위를 자유롭게 떠다니는 사람에게는 다른 삶이 무겁고 침울하게 느껴질 수밖에 없다.

나는 관념과 철학에서 뚜렷한 성과를 이루어 내지는 못했다. 하지만 어딘가에 천국이 있다면 이런 순간이 아무

방해 없이 영원히 이어지는 곳이어야 한다고 생각한다. 그리고 고통과 시련을 통해 천국에 이를 수 있다면 어떤 어려움도 기꺼이 감내해야 한다고 생각한다.

《게르트루트》는 예술과 사랑, 고독을 주제로 한 소설이다. 주인공인 음악가 쿤은 예술가로서의 삶과 시민적인 삶 사이에서 처절한 고독을 느낀다. 어쩌면 예술가는 예술을 통해 시민적인 삶에 대한 보상을 얻는 것인지도 모른다.

기꺼이 피어나고
기꺼이 시드는 삶

산기슭에는

야생화가 활짝 피어 있고,

금작화가 곧게 피어 있다.

지금은 누가 기억하고 있을까.

5월의 숲이 솜털처럼 고왔던 때를.

지금은 누가 기억하고 있을까.

지빠귀와 뻐꾸기가 지저귀는 소리를.

그토록 매혹적인 울음소리도
사라진 지 오래다.

숲에서는 여름밤의 축제가 벌어지고,
산 위에는 보름달이 둥실 떠 있었다.

행여 누가 어딘가에 적어 두었을까.
지금도 그 추억을 부여잡고 있을까.

세월이 흐르면
아무도 나와 그대를 알지 못하고
이야기하지 않을 것이다.

이곳을 찾아오는 낯선 사람들은
우리를 아쉬워하지도 않을 것이다.

그래도 우리는 저녁 별과 이른 안개를 기다릴 것이다.

우리는 기꺼이 피어나고,

기꺼이 시들어 버릴 것이다.

신의 정원에서.

우리도 꽃처럼 기꺼이 피어나고 기꺼이 시들어 버릴 수 있을까. 내게 주어진 인생을 아무 후회 없이, 미련 없이 살아갈 수 있을까. 그 시절의 아름다운 추억을 마지막까지 오롯이 간직할 수 있을까.

인생은 균열과 모순을 통해

풍요로워지고 꽃을 피운다.

○○

때로는 사랑에 대한 답이 그리움으로 돌아오기도 한다

이 밤

바다가 나를 잔잔하게 흔들고
희미한 달빛이 물결 위에 누울 때

나는 모든 시름과 애욕에서 벗어나
홀로 밤공기를 들이마신다.

그러면 어김없이 친구들이 떠오르고,

나는 그들의 눈빛을 바라보며 생각에 잠긴다.
그리고 나지막이 그들에게 묻는다.

그대는 지금도 나의 친구인가.

그대에게는 내가 겪는 고통이
그저 하나의 고통일 뿐인가.

그대에게는 내가 맞이하게 될 죽음이
그저 하나의 죽음일 뿐인가.

지금 그대는
내 사랑의 숨결을 느끼고 있는가.
내 사랑의 메아리가 들려오는가.

바다는 침묵에 싸여
잔잔하게 미소 짓고,
어디서도 답은 들려오지 않는다.

누군가를 사랑하고 그리워하는 것은 인간의 원초적인 감정이다. 어쩌면 우리는 그 누군가를 만나기 위해 언제나 힘들어하는 것인지도 모른다.

죽음 앞에서는 모두
형편없는 인생일 뿐이다

그렇기에 인생은 형편없는 것이 아닌가.

언젠가는 우리 모두 죽어야 하기에.

차라리 1리터의 포도주를 들이마시자.

그리고 링 박사와 이야기를 나누어 보자.

우리의 우울한 감정에 대해.

그게 가장 현명한 방법일 터.

그리고 노란 콩을 곁들인 간 요리를 먹어 치우자.

꼬리가 아무리 아름다운들 그게 무슨 소용인가.

흔들 수도 없는 꼬리일 바에야.

그래, 또 1리터의 포도주를 들이켜자.

그리고 시가를 사도록 하자.

이 어리석은 인생에

그 이상은 바라지 말자.

인생이란 무엇일까. 무엇이 어리석은 인생일까. 그런데 인생이 정말 어리석은 것일까. 인생을 어리석다고 생각하는 것이 진정으로 어리석은 인생이 아닐까.

OO

감정이 무뎌지는 것은 밤하늘의 별이 사라지는 것이다

여름 하늘의 별님에게.

그대의 편지가 내 마음을 요동치게 합니다. 그대의 사랑이 나를 고통에 몸부림치게 합니다. 그것은 내게 영원한 고통입니다. 그래도 그대의 솔직한 감정을 들을 수 있어 행복합니다. 어떤 감정도 작지 않고 무가치하지 않습니다. 그것이 사랑이든 미움이든 질투든 중요하지 않습니다. 감정이 무뎌지는 것은 별이 사라지고 빛이 꺼지는 것과 같습니다.

나는 내가 누군가를 사랑할 수 있을지 모르겠습니다. 누군가를 갈망하고 누군가에게서 위로를 받고 싶어 하는 것이 사랑인지도 잘 모릅니다.

그대와 나. 우리는 언제나 함께할 것입니다. 우리는 사랑의 감정이 자라나는 정원에 함께 있습니다. 우리는 꿈을 잊지 않을 것입니다. 붉은빛을 머금은 꿈의 포도주는 달콤하기만 합니다.

밤이 늦었습니다. 희미한 달빛 너머로 삶과 죽음이 미소 짓고 있습니다.

그대의 클링조어.

《클링조어의 마지막 여름》은 섬세하고 예민한 감성을 지닌 화가 클링조어가 자신의 마지막 여름을 보내면서 삶의 고뇌와 창작의 열정을 기록하는 내용의 소설이다. 이 시기에 헤세가 겪은 정신적 위기와 고통이 이 작품에서 감각적인 언어로 한층 승화되었다.

누구나 본능만으로 가득한 이상을 꿈꾼다

여기저기 푸른 꽃들이 향기를 내뿜고,
연꽃은 창백한 얼굴로 나를 사로잡는다.

꽃잎에는 마법의 언어가 서려 있고,
나뭇가지마다 뱀들이 도사리고 있다.
꽃받침 위에서는 생명이 자라나고 있다.

푸른 늪에서는 백옥 같은 여인들이 숨어
호랑이 눈을 깜박이며 지켜보고 있다.

그녀들의 머리에는

붉은 꽃이 눈부시게 빛나고 있다.

은밀한 쾌락,

검증되지 않은 죄악,

거부할 수 없는 유혹.

여전히 잠에 취한 채

생식과 유혹의 냄새를 맡는다.

미지근한 숨결은

이성에 대한 욕망으로 거칠어진다.

여인들의 가슴 위로

뱀들의 교활한 눈빛이 번득이고 있다.

모든 것이 피어나고, 모든 것이 유혹한다.

그 수를 헤아릴 수 없다.

지금 나는 느낀다.

모두 나에게 가까이 다가오고 있다는 것을.

생명의 숲,

영혼의 세계,

환희에 넘치는 고통.

나는 여인에게 녹아들고,

나무에 녹아들고,

바다에 녹아든다.

샘으로 흘러가고,

연못으로 흘러가고,

하늘 위로 흘러간다.

내 영혼은 수천의 날개를 펼쳐

저 멀리 우주로 날아간다.

천천히 조금씩

나는 용해되고 소멸하고,

다시금 세상과 하나가 된다.

헤세의 시 〈낙원의 꿈〉이다. 여기서 낙원은 에덴동산이 아니다. 은밀한 쾌락, 검증되지 않은 죄악, 거부할 수 없는 유혹이 도사리고 있는 곳, 생명의 숲, 영혼의 세계, 환희에 넘치는 고통이 그윽한 곳이다.

고독은 인간의 운명을 자기 자신에게로

나아가게 해 주는 길이다.

두려움은 한순간에 악몽처럼 되살아난다

지금도 나의 기억 속에 남아 있는 가장 이른 때는 3살 무렵이다.

어느 날 부모님은 나를 산으로 데려갔다. 산은 아름다운 자태를 뽐내며 주변의 도시인들을 유혹했다. 높은 언덕에는 폐허로 변해 버린 유적이 남아 있었다.

젊은 삼촌도 우리와 함께했다. 그는 산 아래를 잘 내려다볼 수 있게 나를 높은 성벽의 난간 위로 들어올렸다. 그때 나는 현기증을 느끼면서 두려움에 사로잡혔다. 너무 두려워 온몸을 떨었다. 집에 돌아와 침대에 누워서도 두려움을 떨쳐내지 못했다.

그때부터 무서운 악몽에 시달렸다. 나는 가슴을 옥죄는 무시무시한 꿈을 꾸었다. 그리고 끙끙거리는 신음과 함께 눈물을 흘리며 잠에서 깨어났다.

그전에 내가 어떻게 살았는지는 내 기억 속에 전혀 남아 있지 않다. 아무리 애를 써 봐도 그날 이전의 삶을 떠올릴 수 없었다. 그날의 경험이 이전의 삶을 송두리째 집어삼킨 것이다.

헤세가 어린 시절 겪었던 무서운 일에 대해 쓴 글이다. 누구에게나 두려움에 떨었던 경험이 있다. 그리고 그때의 경험이 언제나 다시금 악몽으로 되살아나기도 한다.

비틀린 마음도 사랑이 될 수 있을까

가끔은 그대가 나보다 더 잘 나를 안다는 생각이 듭니다. 그렇지 않다면 내가 지난 이야기를 들려주거나 누군가의 이름을 부를 때 그대는 왜 고개를 흔드나요. 그대가 내 이야기를 듣고 미소 지을 때면 나는 그대가 이미 모든 것을 알고 있다는 착각에 빠진답니다.

내가 일을 게을리할 때도 그대가 함께 있었나요. 내가 나쁜 짓을 하거나 좋은 일을 할 때도 그대는 나를 지켜보았나요. 그대가 나를 떠나지 못하는 이유가 그때의 일들을 여전히 기억하고 있기 때문인가요. 우리가 함께하는 이유가 서로를 비출 거울이 필요해서, 서로에게 위로가 필요해서인가요. 아니면 함께 죄를 저지르고 난 뒤에도 서로를 믿지 못하기 때문인가요. 그래서 우리가 함께하고 함께 파멸에 이르러야 하나요.

아니라면 내가 누군가에게 말하고 싶을 때나 누군가에게 기대고 싶을 때 어째서 그대는 내게로 다가오나요. 행여 내가 다른 사람을 찾을까 봐 두려워서인가요. 무엇이 내 기억 속에서 나를 힘들게 한다고 생각하나요.

악몽에 시달리기 전, 불안하고 창백한 순간에 나는 주체하기 힘든 충동을 느낍니다. 그것은 그대를 괴롭히고 싶은, 그대에게 고통을 안겨 주고 싶은, 그대의 모든 비밀을 빼앗고 싶은, 그대가 고통에 겨워 신음하는 소리를 듣고 싶은, 그대의 목을 조르고 싶은 충동입니다.

내가 그대의 신음 소리를 듣고 그대의 목에 핏줄이 선명해지는 걸 보는 순간 그대는 내게로 조용히 다가옵니다. 그러면 나는 두려움과 동정심에 사로잡혀 그대의 손을 어루만지고 사랑하는 그대의 이름을 속삭입니다. 차마 그대의 눈을 바라보지는 못합니다. 왜 나는 그대 앞에서 두려움에 떠는 것일까요. 아니, 왜 나는 그대를 사랑하는 것일까요.

그래요. 나는 그대를 사랑합니다. 모든 변화를 받아들일 수 있는 사랑입니다. 나는 그대를 반려동물처럼, 내가 만들어 낸 창작물처럼 사랑합니다. 사람들이 수수께끼를 풀 듯이, 전율을 느끼듯이 그대를 사랑합니다. 내 몸의 일부처럼, 나 자신의 형상처럼, 악마의 화신처럼, 신의 섭리처럼 그대를 사랑합니다.

그런데 그대는 나를 어떻게 사랑하고 있나요.

누군가를 사랑하는 마음에는 애절함도, 안타까움도 있고 질투심도, 동정심도 배어 있다. 사람들은 '사랑이 변하면 미움이 된다'고 말한다. 그런데 사랑이 미움 말고 달리 변할 수는 없는 걸까.

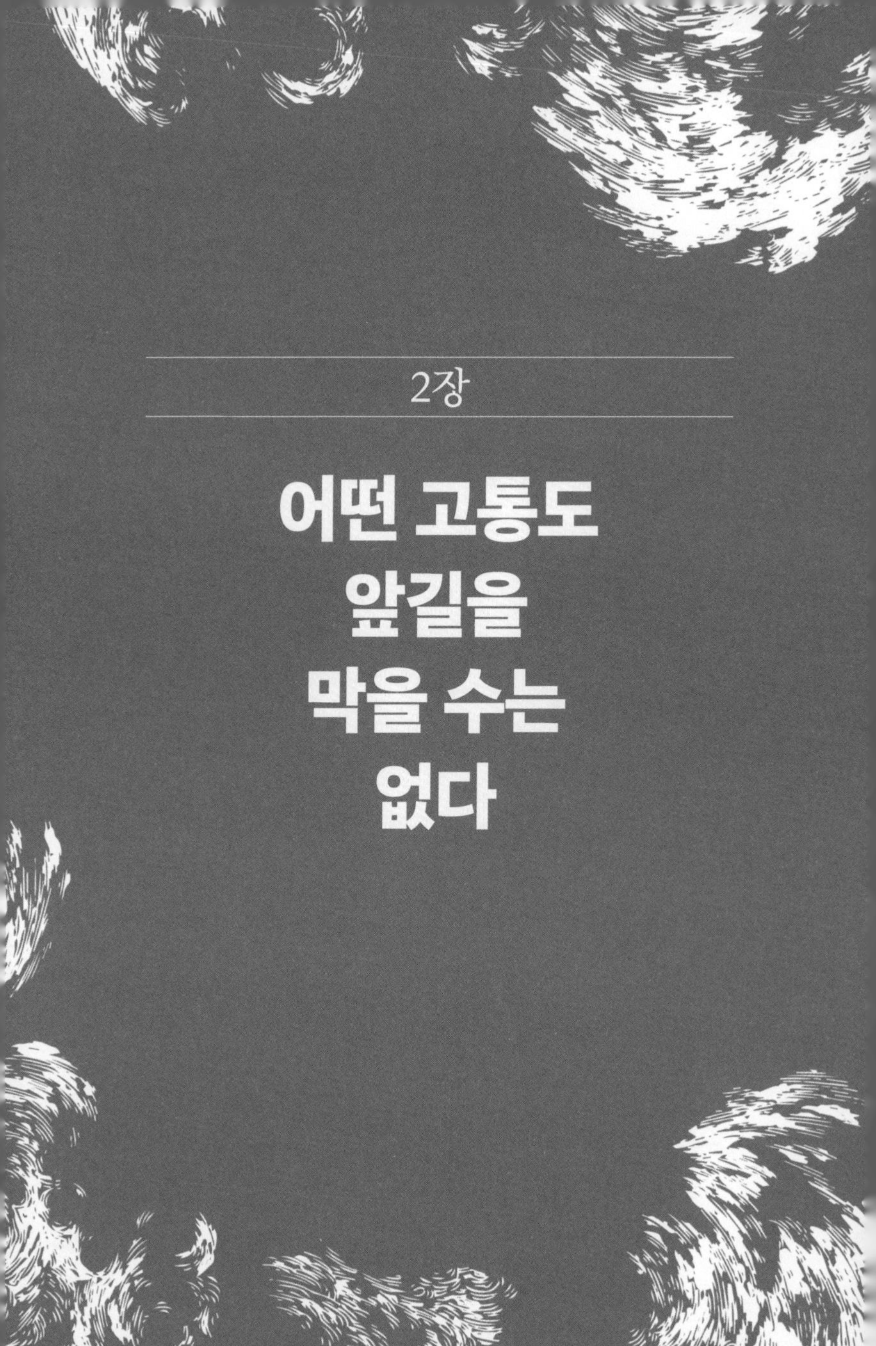

2장

어떤 고통도 앞길을 막을 수는 없다

장 해설

견뎌 낼 만한 고통은 인생의 축복이다

헤세는 평생 고통을 겪었다. 사랑 때문에, 건강 때문에 힘들어했다. 가족 문제 때문에도 그랬다.

1926년 1월, 헤세는 두 번째 부인 루트에게 편지를 보냈다.

"사랑하는 여인에게 수많은 입맞춤을 보낸다.
그녀의 두 눈에, 입에, 목덜미에, 무릎에 그리고 발에.
나는 그녀가 생각하는 것보다 훨씬 더 그녀를 사랑했다.

그리고 그로 인해 더 많은 고통을 겪어야만 했다.
내가 지상에서 겪어야 했던 그 어떤 고통보다 더 지독한."

헤세는 안질환과 류머티즘, 관절염에 시달렸다. 정신적인 건강 문제도 그를 괴롭혔다. 어린 시절에는 자살 충동을 느꼈고, 그 뒤로도 우울증을 앓았다. 그리고 오랫동안 심리 치료와 상담을 받았다.

이복형 카를 이젠베르크의 죽음과 남동생 한스의 자살도 그에게는 치유하기 힘든 고통이었다.

"난 그 뒤로 여전히 고통을 겪고 있답니다. 이제 내 곁에는 형제가 단 한 명도 없습니다. 난 외톨이랍니다."

그런데 역설적이게도 헤세의 정신적, 육체적 고통은 그의 창작에 무한한 원동력이 되었다.

"신이 우리에게 절망을 주는 이유는 우리를 죽이기 위

해서가 아니라 우리 안에 새로운 생명을 일깨우기 위해서다."

헤세는 인생에서 겪는 모든 시련과 고통을 성장을 위한 자양분으로 삼았다.

"모든 인생은 분열과 모순을 통해 풍요로워지고, 생명력이 강해진다."

《나르치스와 골드문트》에 나오는 글이다. 누군가는 "견뎌 낼 만한 고통이 있다는 것은 축복이다"라고 말한다. 우리가 고통을 견뎌 낼 수만 있다면 그 고통은 더 이상 고통이 아니다.

지금 그대에게도 견뎌 낼 만한 고통이 있는가. 그 고통을 축복이라고 여기고 있는가. 그래서 그 축복에 감사하며 살아가고 있는가. 헤세는 다음과 같이 말했다.

"세상과 인생을 사랑하는 것, 고통 속에서도 사랑을 잃지 않는 것, 감사하는 마음으로 햇빛을 마주하는 것, 슬픔 가운데서도 미소를 잊지 않는 것, 진정한 시학에 담긴 이러한 가르침은 결코 퇴색되지 않는다."

태어나려고 하는 자는 하나의 세계를 파괴해야 한다

내가 그린 꿈의 새는 내 친구를 찾고 있었는데 놀랍게도 답이 왔다.

쉬는 시간에 나는 내 책 속에서 쪽지를 보았다. 반 친구들이 수업 중에 몰래 쪽지를 주고받을 때처럼 그렇게 접혀 있었다. 나는 무척 놀랐다. 왜냐하면 나는 다른 애들처럼 쪽지를 주고받는 친구가 없었기 때문이다.

나는 누군가 내게 장난을 치려고 그 쪽지를 보냈을 것이라고 생각했다. 그래서 건드리지 않고 그냥 내버려두었다. 여느 아이들의 놀이에 굳이 끼어들고 싶지 않았기 때문이다. 그런데 그 쪽지가 수업 중에 우연히 내 손에 닿았다. 나는 그 쪽지를 만지작거리다 아무 생각 없이 펼쳐보았다. 쪽지에는 무언가가 적혀 있었다. 내 시선은 한 단어에 머물렀다. 나는 너무 놀란 나머지 심장이 마구 요동치기 시작했다.

'새는 알을 깨고 나온다. 알은 세계다. 태어나려고 하는 자는 하나의 세계를 파괴해야 한다. 새는 신에게로 날아간다. 신의 이름은 아브락사스다.'

나는 그 문장을 읽고 또 읽었다. 그리고 생각에 깊이 잠겼다. 그 쪽지는 데미안이 보낸 것이었다. 의심의 여지가 없었다. 반에서 새에 관해 아는 아이는 나와 데미안 외에는 아무도 없었다. 내가 그에게 그 그림을 그려 주었기 때문이다.

데미안은 그림을 이해했다. 심지어 내가 그 의미를 해

석하는 것을 돕기까지 했다. 하지만 이 모든 게 어떻게 연관되어 있는 것일까. 도대체 아브락사스는 무엇이란 말인가. 나는 지금껏 그 단어를 들어 본 적이 없었다.

'신의 이름은 아브락사스다.'

수업 시간에 선생님이 하는 이야기가 내 귀에는 전혀 들려오지 않았다.

헤세의 소설 《데미안》의 한 대목이다. 선과 악의 공존을 상징하는 신 아브락사스(Abraxas)는 주인공 싱클레어가 내면세계를 탐구하고 진정한 자아를 발견하는 데 중요한 역할을 한다.

ꝏ

우리는 무너진 세계에서 살아남은 생존자다

어린 시절을 돌아다볼 때마다 언제나 새로운 무언가가 다시금 나를 앞으로 밀어냈다. 유혹과 자극은 여기와는 전혀 다른 세계에서 왔다. 그 세계는 나에게 두려움을 안겨 주기도 하고 압박감을 불어넣기도 하고 양심의 가책을 느끼게 했다. 그리고 내가 기꺼이 머물고 싶어 하는 평화로운 세계를 위협했다. 내 안에 숨겨진 원초적인 본능 때문에 온전하고 밝은 세계가 희미해지더니 이내 어둠 속으로 사라져 버렸다.

내 안에서는 이성에 대한 감정이 서서히 깨어났다. 그건 금지된 장난, 규범의 파괴, 악마의 유혹과 무서운 범죄처럼 느껴졌다. 나의 사춘기에 생겨난 은밀한 호기심, 욕망, 불안한 감정은 어린 시절의 평화롭고 행복한 느낌과는 전혀 어울리지 않았다.

나도 여느 아이들처럼 이중적인 삶을 살았다. 더는 아이라고 할 수 없는 그런 삶이었다. 내 양심은 고향처럼 안전하고 아늑한 세계를 원하고, 꿈틀거리며 다가오는 새로운 세계를 거부했다. 하지만 어린아이의 평화로운 세계는 처참하게 무너져 내렸고, 한때 사랑했던 것들이 우리 곁을 떠났다. 갑자기 온 세계가 암울한 고독에 휩싸였다.

다른 부모들처럼 나의 부모님도 내게는 도움이 되지 않았다. 그렇다고 부모님을 원망하고 싶지는 않다. 나의 길을 찾는 건 나 자신이 해결해야 할 본질적인 문제이기 때문이다. 곱게 자란 탓에 세상 물정을 모르는 아이처럼 나도 그 문제를 제대로 해결하지 못했다.

자신을 둘러싼 세계에 맞서 자신의 삶을 굽히지 않는 것, 뒤로 물러서지 않고 꿋꿋하게 앞으로 나아가는 것, 누구나 한 번쯤은 이런 어려움을 겪는다. 그리고 누구나 죽음과 새로운 삶을 경험한다. 그게 우리에게 주어진 운명이다.

사람들은 언제나 낭떠러지, 다시 돌아오지 않는 지난날의 추억에 매달린다. 잃어버린 낙원을 꿈꾸는 것, 이는 모든 꿈 가운데 가장 비열하고 잔인한 꿈이다.

헤세에게는 어린 시절이 잃어버린 낙원이다. 가장 평화롭고 행복했던 곳, 하지만 다시는 돌아갈 수 없는 곳, 그곳이 바로 우리 모두의 유토피아가 아닐까.

버티기만 하는 삶이라도 살아갈 수 있으면 그만이다

부르크하르트가 떠난 뒤 화가는 알 수 없는 외로움에 힘들어했다. 그가 여러 해 동안 경험하고 또 맞서 싸워야 했던 그리고 거의 이겨 냈다고 믿었던 고독이 다시금 그를 엄습했다. 그는 거의 질식할 것만 같았다. 자신의 가족에게서도 심지어 피에르에게서도 떨어져 나간 듯한 느낌이 들었다.

지금까지 베라구트는 인생의 즐거움을 잊은 채 은둔자의 삶을 살았다. 그것은 그 자신이 선택한 인생이었다. 그에게 인생은 살아가야 할 그 무엇이 아니라 견뎌 내야 할 그 무엇이었다.

그런데 친구의 방문이 은둔자의 삶에 균열을 가져왔다. 갈라진 틈새로 빛이 들어오고 향기가 전해졌다. 고독한 삶을 지탱해 준 오랜 마법이 깨져 버렸다. 그는 고통스러운 심정으로 밖에서 들려오는 소리에 귀를 기울였다.

베라구트는 끓어오르는 감정을 주체하지 못한 채 곧바로 작업에 몰두했다. 거의 동시에 2개의 작품을 구상해나갔다. 아침 일찍 차가운 물로 몸을 씻고는 정오까지 일했다. 그러고 나서 커피 한 잔으로 정신을 맑게 한 뒤 다시 작업을 이어 나갔다. 가끔은 가슴이 뛰고 머리가 아파 밤에도 쉽게 잠을 청하지 못했다.

그는 자신만의 방에 스스로를 가두었다. 하지만 언제라도 자유를 향해 밖으로 나갈 수 있다는 걸 분명히 인식하고 있었다. 그러기 위해서는 비장한 각오와 크나큰 희생이 필요했다. 그는 그것에 대해 생각하려고 하지 않았다. 그리고 끊임없이 자신의 모든 사고를 마비시키려고 했다.

부르크하르트가 그에게서 기대했던 그리고 그 자신이

은밀하게 원했던 결심이 그의 영혼 깊숙이 자리 잡고 있었다. 총에 맞은 사람의 몸에 총알이 박혀 있는 것처럼 말이다. 몸에 박힌 총알이 곪아 터질 것인지 아니면 시간이 지나면서 아물 것인지는 알 수 없었다. 너무 쑤시고 아팠지만, 그렇다고 견뎌 내지 못할 고통은 아니었다. 그보다는 그가 감당해야 할 희생에 대한 두려움이 훨씬 더 컸다.

그는 아무것도 하지 않았다. 상처가 타게 내버려 두었다. 마음속으로는 이 모든 것이 어떻게 끝날지 무척 궁금해했다.

고통의 한가운데서 그는 커다란 인물화를 그려 나갔다. 예전에는 그 그림이 언제나 공허하고 추상적이라고 여겨졌다. 심지어는 불쾌한 느낌까지 들었다. 하지만 이제는 전혀 추상적으로 보이지 않았다.

그림 속에는 실물 크기의 인물 셋이 있었다. 한 남자와 한 여자, 모두 자신만의 생각에 잠겨 있고 낯설기만 한 것처럼 보였다. 그들 사이에서 한 아이가 즐겁게 놀고 있었다. 아이 위로는 어두운 구름이 드리우고 있었다. 하지만 아이는 그런 사실을 전혀 모른 채 해맑은 표정을 짓고 있었다.

소설 《로스할데》는 헤세의 첫 번째 결혼 생활이 투영된 작품이다. 예술가로서의 외로운 삶과 그의 평탄치 않은 결혼 생활을 그리고 있다. 소설의 마지막에서 주인공은 막내아들이 죽고 난 뒤 가족 곁을 떠나 인도 여행에 나선다.

고통이라는 바다에서 침몰하지 않는 유일한 길

줄기를 잘라 낸 나무는 뿌리 근처에서 다시금 새로운 싹이 움튼다. 이처럼 왕성한 시기에 병들어 상처 입은 영혼 또한 꿈으로 가득 찬 봄날 같은 어린 시절로 되돌아가기도 한다. 마치 거기서 새로운 희망을 찾아내어 끊어진 생명의 끈을 다시금 이을 수 있기라도 한 듯이. 뿌리에서 움튼 새싹은 하루가 다르게 무럭무럭 자라나지만, 그것은 단지 겉으로 보이는 생명에 불과할 뿐 결코 나무가 되지는 않는다.

그의 쾌락은 싱그러운 사랑의 힘, 생동감이 넘실대는 생명에 대한 최초의 예감을 의미했다. 그리고 그의 고통은 아침의 평화가 깨어지고, 자신의 영혼이 어린 시절의 세계를 떠나 버렸다는 걸 의미했다. 가까스로 난파의 위기에서 벗어난 조각배는 이제 다시금 불어오는 폭풍과 아득한 심연, 커다란 암초에 점점 더 가까이 다가가고 있었다.

이제는 그 누구의 도움 없이 자신만의 힘으로 이곳을 벗어날 수 있는 구원의 길을 찾아야 한다.

《수레바퀴 아래서》의 주인공 한스는 억압적인 교육 제도 아래서 힘겨워하고, 주변의 기대로 인한 압박감에 시달린다. 그리고 사춘기에 접어들면서 이성에 대한 호기심과 더불어 불안감에 휩싸인다.

선량한 평화주의자의 외침

우리 시인들은 동시대를 살아가는 사람들이 겪는 아픔을 이야기해야 합니다. 그것이 우리에게 주어진 과제입니다. 누군가로부터 들은 게 아니라 우리가 몸소 체험한 아픔이어야 합니다. 격정적이든 감상적이든, 비판적이든 유화적이든 그건 중요하지 않습니다. 어떤 방식이든 상관없이 우리가 꼭 해야만 하는 일입니다.

정말이지 감당하기 힘든 고통의 무게가 우리를 단결하게 만듭니다. 서로 민족과 존재 방식에 차이가 있음에도 말입니다.

시대의 고통은 표현되고, 궁극적으로는 극복되어야 합니다. 그 점에서 우리 모두는 다 같은 형제자매입니다.

헤세는 평화주의자다. 그는 전쟁과 폭력을 반대한 탓에 나치 정권의 박해를 받았고, 그의 작품은 금서 목록에 올랐다. 그럼에도 그는 화해와 평화를 주창하고 또 실천했다.

친구보다 적이 더 필요할 때도 있다.
물레방아를 돌리는 것은 바람이다.

OO

내리막길을 걸을 때는 아무도 함께 걸어 주지 않는다

시민적인 관점에서 볼 때 나는 끊임없이 내리막길을 걷고 있었다. 정상적이고 건강한 삶에서 점점 더 멀어져갔다. 직업도 가족도 고향도 없이 힘겨운 나날을 견뎌야만 했다. 누구에게서도 사랑받지 못했다. 외부 세계와의 관계는 단절되고, 많은 사람으로부터 따가운 눈총을 받았다. 사회적 여론이나 도덕과도 갈등을 겪었다.

비록 내가 시민적인 테두리 안에서 살고 있기는 했지만, 이 세계의 한가운데서 나는 낯선 이방인일 뿐이었다. 종교나 조국, 가족, 국가는 전혀 내 감정을 자극하지 않았다. 잘난 체하며 떠벌리는 과학이나 조합, 예술은 나를 구역질나게 만들었다.

한때 나는 재능을 인정받고 주위 사람들의 인기를 한 몸에 받기도 했다. 하지만 이제는 무시당하거나 외면당하기 일쑤다. 사람들은 내 앞에서 의혹의 시선을 감추지 않는다. 내 삶은 더욱더 각박해지고, 황폐해지고, 위험해졌다.

정말이지 나는 이 길을 계속 걸어가고 싶지 않았다. 그 길은 나를 점점 더 공기가 희박한 낯선 곳으로 끌어들였다. 니체의 가을 노래에서 피어나는 연기처럼.

헤세가 자신의 처지를 비관하며 쓴 감상적인 글이다. 그는 사람들로부터 찬사와 존경을 받았지만, 동시에 무시당하고 외면받기도 했다. 어쩌면 '군중 속의 고독'을 견뎌 내는 것이 더 힘든 일인지도 모른다.

OO

우리는 가 보지 않은 곳에 무엇이 기다리는지 모른다

하리 할러는 진정한 인간으로 나아가는 길, 불멸의 존재로 나아가는 길을 예감하고 있었다. 하지만 이따금 자신을 무겁게 짓누르는 고통과 고독 때문에 힘겨워했다.

진정한 인간이 되는 것, 최고의 계율을 긍정하고 추구하는 것, 그것이 그의 정신세계가 추구하는 지상 명제였다. 그는 불멸의 존재로 나아가는 좁고도 험난한 길 앞에서 두려움에 떨었다. 이 길의 마지막에 불멸의 세계가 그를 유혹하고 있었지만, 그는 이 모든 고통을 견뎌 내고 이 모든 죽음을 맞이할 준비가 되어 있지 않았다.

그는 자신 안에서 파우스트적인 이원성을 발견했다. 그리고 육신의 단일성 속에는 영혼의 단일성이 내재하지 않는다는 것, 조화로운 이상향에 이르기 위해서는 힘겨운 순례자의 길을 걸어야만 한다는 것을 깨달았다. 그는 궁극적인 선택의 기로에 놓여 있었다. 자신 안에 있는 늑대를 극복하고 인간이 되거나 아니면 인간을 포기하고 분열되지 않은 늑대의 삶을 사는 것 중에서 선택해야만 했다.

어쩌면 그는 살아 있는 늑대를 세밀히 관찰한 적이 없었는지 모른다. 그랬다면 짐승들도 단일적인 영혼만을 지니고 있지 않다는 것, 짐승들의 야무지고 날랜 몸 너머에 다양한 기질과 욕망이 자리 잡고 있다는 것, 늑대의 내면에는 쉽게 빠져나오기 힘든 심연이 자리 잡고 있고, 늑대 또한 정신적 고통을 겪는다는 것을 알았을 테니 말이다.

소설 《황야의 늑대》의 주인공 하리 할러는 자신을 '늑대 인간'이라고 부른다. 그는 늑대와 인간의 중간자다. 늑대를 닮은 인간 혹은 인간을 닮은 늑대다. 이원적인 세계에서 고통스럽게 단일적인 이상향을 찾아 헤맨다.

고통과 지혜는 함께 성장한다

슈바벤 사람들은 사십 대 중반이 되어서야 비로소 현명해진다고 한다. 그들 자신은 그런 평가를 불명예나 모욕으로 받아들인다. 하지만 그것은 대단한 칭찬이고 영광이다. 그 속담이 가리키는 지혜(젊은이들이 '노년의 지혜'라고 일컫는 모순이나 순환, 양극성의 비밀에 대한 지식)는 슈바벤 사람에게서 쉽게 찾아볼 수 없다. 그들이 사십 대가 되어서도 마찬가지다.

누구나 사십 대 중반을 넘어서면 타고난 재능이 있든 없든 간에 지혜가 생기기 마련이다. 특히 노화와 더불어

육체적인 고통이 심해질수록 그런 현상은 두드러진다.

육체적 고통 가운데 가장 흔한 증상은 관절염이나 류머티즘, 좌골신경통이다. 그로 인해 사람들은 이곳 바덴으로 요양을 하러 온다.

요양객들은 모난 인생을 둥글게 만들고 싶어 한다. 다른 사람을 까탈스럽게 대하지 않으려고 하고, 마음의 여유를 잃지 않으려고 한다. 허무맹랑한 환상에 사로잡히기보다는 소담스러운 꿈들을 가꾸고 키워 나가려고 한다.

바덴의 요양객들에게는 모순에 대한 이해가 무엇보다 필요하다. 뼈가 점점 굳어 갈수록 더욱더 탄력적이고 양면적인, 양극적인 사고방식이 요구되기 때문이다.

이들이 겪는 고통은 영웅적이거나 세련된 고통이 아니다. 그런 고통은 품위를 잃지 않고 자신을 당당하게 내세울 수 있는 사람들이나 느낄 수 있는 고통이다.

《요양객》은 헤세의 자전적 수기다. 바덴에 있는 요양소에서의 일상과 그곳에서 만난 사람들에 대한 이야기를 적고 있다. 그 자신의 심리 분석과 심리 치료의 기록이기도 하다.

환호와 절망에서 피어나는 아름다운 사랑

나는 그대를 부러워하노라. 나의 뮤즈여.

그대에게는 내 모든 삶이 하나의 에피소드, 가을 동화, 불안하고 고통스러운 어둠일 뿐. 언젠가는 그대가 아무 일도 없었던 것처럼 다시금 환하게 미소 지으리라.

내 인생은 처음부터 끝까지 환호와 절망으로 뒤섞여 있다. 그렇다 해도 결코 허무하게 끝나지는 않을 것이다. 배고픈 사람에게는 빵 한 조각이 알렉산더 대왕보다 더 소중하다. 그렇다. 이 세상에 배고프지 않은 사람이 어디 있는가. 인생의 질곡과 고통을 모르는 사람이 어디 있는가.

그대는 내가 그대로 인해 고통스러워하는 모습을 바라보고 있다. 내 가슴이 심하게 요동치고, 내 눈꺼풀이 고통스럽게 떨리고, 내 숨결이 불안에 가빠지는 것은 그대를 위한 생명의 한 방울이 될 것이다.

나를 훈계하지 마라. 내가 이 모든 고통을 견뎌 내는 것은 오직 그대를 위한 것이다.

그러니 나로 허튼 생각에 빠지지 않게 해다오.

그리고 나에게 동화 한 편을 읽어다오.

나를 사랑한다고 말해다오.

영원히 나와 더불어 고통받고 있다고 말해다오.

오래전 피렌체의 화가들은 손의 생김새와 움직임을 충분히 이해했다. 그건 그 시대의 고귀하고 기품 있는 문화이고 예술이었다.

지금 그대의 손이 나를 부드럽게 어루만지고 있다. 내 손

위에 내 이마 위에 그대의 손이 놓여 있다. 내 몸속으로 순수하고 고결한 생명의 강물이 고요히 흘러들고 있다.

그것은 영원한 생명이다. 그것은 바로 당신이다. 나의 아름다운 뮤즈여.

뮤즈는 고대 그리스 로마 신화에 나오는 예술과 학문의 여신이다. 괴테가 그랬듯이 헤세에게도 창작에 영감을 불어넣는 뮤즈가 많았다.

사랑과 대화는 혼자서 할 수 없다

그대는

구름 덮인 대지 위에서

무엇을 바라보고 있는가.

나는 그대의 고운 손에

내 가슴을 맡겼노라.

말할 수 없는 행복감에

내 가슴은 뜨겁게 타오르는데

그대는 낯선 미소를 머금은 채
다시금 나에게 돌려준다.

잔잔한 쓰라림.

모든 것이 싸늘히 식어 버린 채
그렇게 침묵 속으로 빠져든다.

헤세의 시 〈저녁의 대화〉다. 사랑하는 사람에게서 사랑을 얻지 못한 채 자신이 내어 준 사랑을 되돌려받는다는 것은 무척 가슴 아픈 일이다. 사랑은 일방향이 아니라 쌍방향이어야 하기에.

인생의 비열함에 맞설 최상의 무기는 용기와 집념과 인내이다.
용기는 힘을 주고, 집념은 즐거움을 주고, 인내는 평온함을 준다.

죽음은 피해야 할 두려움이 아닌 기꺼이 맞이할 완전한 자유다

나이가 든다는 것이
내게는 기쁨이었다.

하지만 이제는 생명의 샘이 마르고,
고통은 더해만 간다.

사람들은 스스로를 위로한다.
모든 것이 곧 끝날 거라고.

한때 벗어나고 싶었던 속박과 의무가
이제는 내게 위안으로 바뀌었다.

누구나 일상을 살고 싶어 한다.
하지만 이런 소박한 바람은 오래 가지 않는다.

영혼은 퍼덕이는 날개를 갈망하고,
나의 시간 너머로 죽음을 예감한다.

헤세의 시 〈나이가 든다는 것〉이다. 나이가 든다는 것은 죽음에 한층 성숙해지는 것이다. 우리에게 필요한 것은 죽음에 대한 막연한 두려움이 아니라 기꺼이 죽음을 맞이할 수 있는 마음의 자유로움과 여유로움이다.

짙은 어둠도 이겨 내는 빛
깊은 아픔도 지워 내는 울림

어린 시절, 내게 행복을 약속했던 울림이
지금도 여전히 내 귓가에 들려온다.

그 울림이 없었다면
내 삶은 너무 고달프고
이 세상에 미련도 없었을 것이다.

지금 어두운 고통 속에서도 그 울림이 들려온다.

그 어떤 아픔도 막을 수 없는
달콤한 환희의 울림이.

그대는 사랑스러운 울림,
내 안의 빛.
제발 꺼지지 말기를.

다시는 그대의 푸른 눈동자 감추지 말기를.

그렇지 않으면
세상은 온통 어둠에 잠길 것이다.

별들마저 떨어지고 나면
나는 홀로 들녘에 서 있을 것이다.

헤세의 〈어린 시절에〉라는 시다. 아름다운 자연과 어린 시절의 추억은 각박한 현실에서도 그를 지탱해 준 정신적인 버팀목이 되었다.

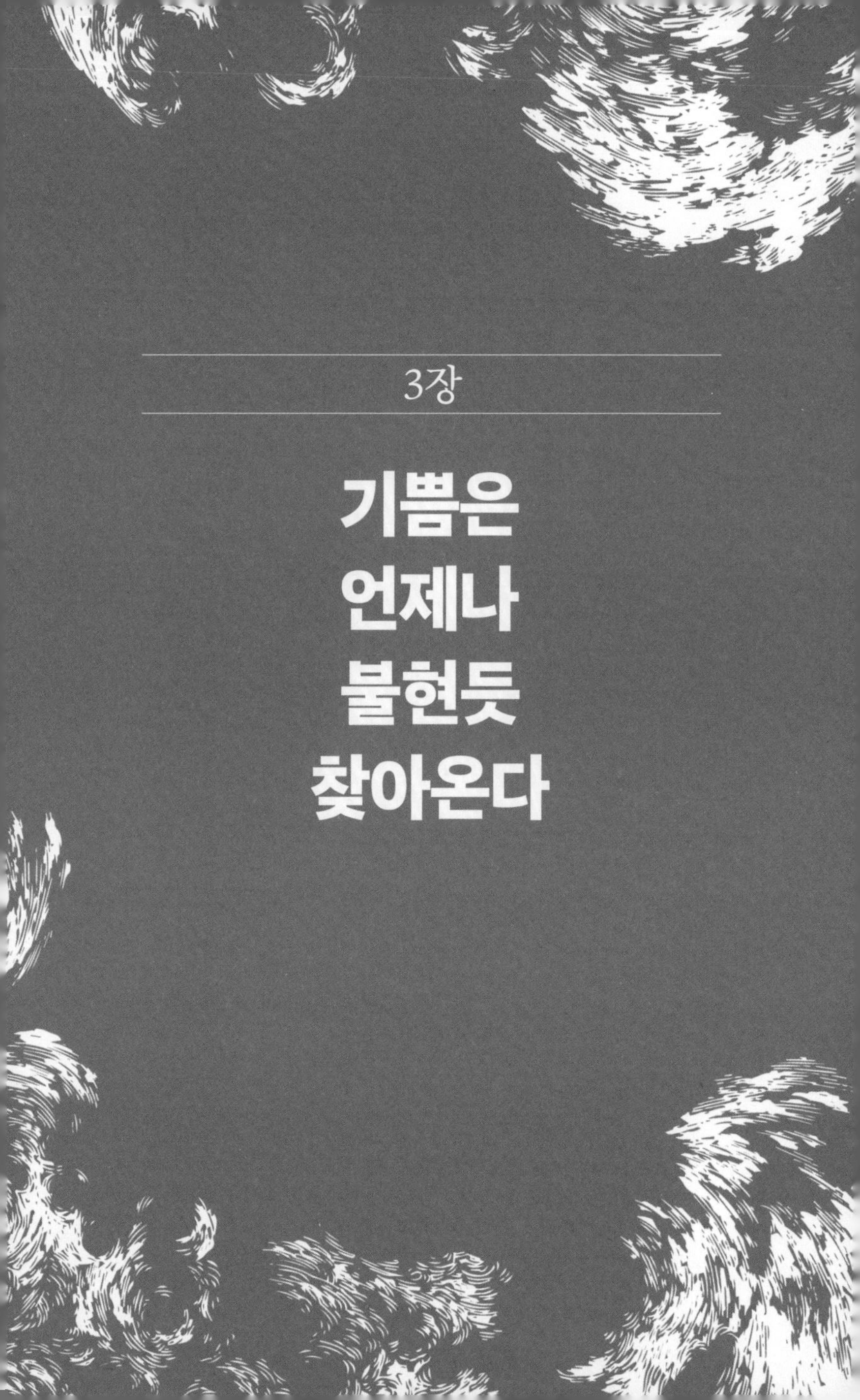

3장

기쁨은 언제나 불현듯 찾아온다

장 해설

행복은 '무엇'이 아니라 '어떻게'다

맑고 푸른 하늘을 올려다보는 것, 호젓하게 오솔길을 걷는 것, 시냇물 소리와 풀벌레 소리에 귀를 기울이는 것, 향기로운 꽃내음을 맡는 것, 땀 흘리며 정원을 가꾸는 것, 모두 자연이 주는 기쁨이다. 이처럼 작은 기쁨이 우리의 삶을 풍요롭게 하고 행복하게 만든다. 헤세는 그런 기쁨을 마음껏 누렸다.

헤세는 다음과 같이 말했다.

"행복은 내일에 대해 아무것도 바라지 않고, 오늘이 가져다주는 것을 감사히 받아들이는 것이다. 바로 그때, 마법의 순간이 찾아온다."

오늘 하루를 아무 욕심 없이 감사하며 사는 것이 진정한 기쁨이고 행복이다.

행복은 '무엇'이 아니라 '어떻게'다. 소유 가치가 아니라 존재 가치여야 한다. '무엇을 소유하느냐'가 아니라 '어떻게 살아가느냐'가 중요하다. 인생은 혼자 소유해서 행복한 것이 아니라 함께 나누어서 행복한 것이다.

헤세는 사랑에 대해 이렇게 말했다.

"사랑의 가장 멋진 부분은 사랑이 우리의 눈을 뜨게 하고, 우리에게 세상의 경이로움을 보여 준다는 것이다."

사랑의 눈으로 바라보는 세상은 이전과는 분명히 다르다. 어두운 구름에 가려 있던 암울한 세상이 영롱한 무지개가 피어오르는 아름다운 세상으로 변한다. 길가에 핀

꽃이나 가로수, 길을 걷다 마주치는 사람 모두 경이로움으로 다가온다. 사랑하는 사람은 새로운 눈으로 세상을 바라본다. 그게 사랑의 경이로움이다. 우리는 사랑에 눈이 머는 것이 아니라 사랑에 눈이 뜨이는 것이다.

헤세는 인생이 우리가 떠나는 단 한 번의 여행이라고 말했다. 여행은 그 자체로 즐거움이다. 우리 인생이 단 한 번의 여행이라면 모든 걸 쏟아부어야 한다. 그리고 마지막 순간까지 후회 없이 즐겨야 한다. 헤세와 교분을 쌓은 독일 작가 슈테판 츠바이크는 이렇게 말했다.

"사람들은 방랑자의 꿈이 이루어졌다고 말할지 모른다. 한때 가난했던 서점 수습생이 이제는 보덴 호숫가의 저택에서 사랑하는 부인과 두 아이와 함께 살고 있다. 아름다운 정원과 나룻배, 엄청난 판매 부수. 그는 작가로서도, 시민으로서도 성공했다. 마침내 그는 평화롭고 행복한 삶을 살 수 있게 됐다. 하지만 놀랍게도 이 기이한 인간의 내면에는 무언가가 꿈틀거리고 있었다."

살아가기 위해 사랑하는가
사랑하기 위해 살아가는가

그대의 아름다운 모습에

나는 흠뻑 빠져 있다.

사람들은 목적과 의미를 좇아 헤매지만,

나는 살아 있다는 것만으로 족하다.

언제나 내게 생명을 불어넣는

무한의 초상.

그 모습을 보는 것만으로도

내가 사는 충분한 이유가 된다.

그대로 인해

나는 내 안에

영원한 생명이 깃들어 있다는 것을 안다.

누군가를 사랑하는 것만으로도 내가 사는 이유는 충분하다. 아니, 내가 살아야 하는 이유다. 사랑은 생명이다. 어쩌면 우리는 사랑하기 위해 사는 것이 아니라 살기 위해 사랑하는 것인지도 모른다.

부드러운 미소와 따뜻한 손으로 전하는 애정

그대가 내게 손을 내밀 때

나는 그대에게 단 한 번도

나를 사랑하는지 묻지 않았다.

내가 바라는 것은

그대가 나를 사랑하는 것이 아니라

내가 그대 곁에 가까이 있는 것뿐이다.

가끔은 그대가

아무 말 없이

부드러운 미소를 지으며

내게 손을 내밀어 주면 그뿐이다.

헤세의 〈부탁〉이라는 시다. 사랑하는 사람에게 부드러운 미소를 지으며 손을 내미는 것, 참으로 따뜻하고 행복한 일이다. 하지만 가끔은 생각보다 어려울 때도 있다.

투명하고 산뜻한 설렘, 새롭고 눈부신 희망

모든 것이 변해 있었다. 모든 것이 아름다움을 자아내며 마음을 설레게 했다. 과즙 찌꺼기를 먹어 통통하게 살이 오른 참새들은 요란스레 지저귀며 쏜살같이 하늘을 날고 있었다. 하늘이 이처럼 높고 아름답고, 그리움으로 푸르게 물들었던 적은 없었다. 강물이 이토록 맑은 청록색의 거울처럼 미소 짓던 적도 없었다. 둑이 이리도 눈이 부시도록 하이얀 거품을 내뿜은 적도 없었다. 모든 것이 새롭게 그려져 투명하고 산뜻한 유리판 뒤에 세워진 듯 보였다. 그리고 모두가 한바탕 축제가 벌어지기를 기다리고 있는 것처럼 보였다.

한스의 가슴속에도 처음 느껴 보는 눈부신 희망의 파도가 세차게, 불안하게 그리고 달콤하게 굽이치기 시작했다. 하지만 이는 하나의 꿈에 지나지 않으며, 결코 실현될 수 없다는 불안감이 그의 마음을 요동치게 했다. 이 모순된 감정은 샘물과도 같았다. 매우 강렬한 그 무엇이 솟구쳐 올라 한스의 가슴 깊숙이 묶인 사슬을 끊고 자유를 만끽하려는 듯했다.

그것은 흐느낌이거나 노랫소리이거나 부르짖음이거나 아니면 떠들썩한 웃음이었을 것이다. 흥분된 감정은 집에 돌아와서야 조금 가라앉았다. 집에는 모든 것이 평소와 다름없었다.

《수레바퀴 아래서》의 주인공 한스는 엠마라는 소녀를 만나 사랑의 감정을 싹틔운다. 하지만 달콤한 행복감과 더불어 왠지 모를 불안감에 휩싸인다. 사랑의 첫경험은 너무나도 설레고 도저히 알 수 없기에.

행복은 고민 없이 잠에 드는 것이다

작은 호수는 검은빛으로 물든 채 적막에 휩싸여 있었다. 물 위로는 미세한 먼지처럼 희미한 불빛이 어른거렸다.

베라구트는 시계를 들여다보았다. 1시가 다 된 시각이었다. 그는 옆문을 열고 거실로 들어가 촛불을 켰다. 그리고 재빨리 옷을 벗고는 벌거벗은 채로 밖으로 나왔다. 그는 폭이 넓고 편편한 돌계단을 내려가 물속으로 천천히 걸어 들어갔다. 무릎 주위로 부드러운 고리 모양의 물결이 반짝거리며 맴돌았다.

그는 호수 반대편으로 헤엄쳐 나갔다. 그런데 갑자기 피곤이 몰려오는 바람에 이내 집 쪽으로 방향을 돌렸다. 호수에서 나오자마자 서둘러 집 안으로 들어갔다. 그의 몸에서는 물이 뚝뚝 떨어졌다.

그는 두터운 목욕 가운을 걸치고, 두 손으로 짧은 머리를 문질러 물기를 털어냈다. 그리고 아무것도 신지 않은 채 화실로 올라갔다. 화실은 거의 텅 비어 있었다. 그는 빠른 손놀림으로 전등을 켜고는 화판틀로 발걸음을 옮겼다. 작은 캔버스에는 그가 지난 며칠 동안 작업한 흔적이 담겨 있었다.

그는 무릎 위에 두 손을 올려놓은 채 약간 몸을 굽힌 자세로 그림 앞에 섰다. 그리고 두 눈을 크게 뜨고 그림을 바라보았다. 그림에서는 눈부시게 영롱한 색채가 환히 빛나고 있었다. 그는 몇 분 동안 아무 말 없이 그림만 바라보았다. 그가 작업했던 마지막 붓놀림까지 다시금 생생하게 그의 눈에 들어왔다.

언제부터인가 그림을 그리기 전에는 아무 생각 없이 잠

자리에 드는 것이 그의 습관이 되었다. 꿈속에서도 다른 생각은 하지 않았다. 오로지 자신이 그린 그림만 머릿속에 떠올렸다.

그는 전등을 끄고 초를 들고는 침실로 갔다. 침실 문 쪽에는 작은 칠판과 분필이 놓여 있었다. 그는 큼지막한 로마자로 '7시 기상, 8시 커피'라고 쓰고는 침대에 누웠다. 얼마 동안 눈을 뜬 채로 가만히 누워 있었다. 그리고 그림 작업에 대해 생각했다. 그리고 이내 흡족한 마음으로 조용히 한숨을 내쉬고는 깊은 잠에 빠져들었다.

《로스할데》의 주인공 베라구트는 화가다. 그는 예술적 소명과 시민적 삶 사이에서 고뇌하고 갈등한다. 자연의 아름다움과 인간의 내면세계를 화폭에 옮겨 놓을 때 그는 가장 행복하다.

사랑은 사막에서 솟아나는 샘이고,

황야에서 피어나는 꽃이다.

○○

환희와 열정의 계절, 풍성함과 다채로움의 계절

여름날 가운데 가장 아름다운 날.

한적한 담장 너머로
아지랑이가 피어오르고
새소리가 은은하게 들려온다.

이 시간

여름은 황금빛 샘에서

환희의 생수를 길어 올려

잔에 가득 채운다.

그리고 자신의 마지막 밤을 위해 축제를 벌인다.

마치 흰 구름처럼

푸른 하늘에 서 있다.

고요하고 아름답고 밝은.

그대는 엘리자베트.

헤세의 〈8월〉이라는 시다. 황금빛으로 물든 8월의 신부는 아름답다. 환희와 열정을 머금은 여름은 풍성하고 다채로운 가을에게 기꺼이 8월의 신부를 넘겨준다.

꿈은 언제나 우리를
자유로운 곳으로 데려다준다

오늘 하루,

일상에 지친 나는

여느 어린아이처럼

별이 빛나는 밤하늘을 꿈꿨다.

모든 것을 다 내려놓고

아무 생각 없이, 미련 없이

행복한 꿈나라에서

편히 잠들고 싶다.

내 영혼은 자유로운 날갯짓으로

수만 리 하늘길을 날아

마법의 성에 다다를 것이다.

별이 빛나는 밤하늘을 바라보며 편히 잠드는 것, 마법의 성에서 꿈의 나래를 활짝 펴는 것, 어린 시절의 잠자리는 늘 그랬다. 그렇게 우리는 행복한 꿈나라에서 살았다.

인간은 그려 낼 수 없는 신의 위대한 작품

어린 시절에 나는 언제나 그림책을 가지고 다녔다. 그 안에는 골짜기와 실개울, 이삭이 여물어 가는 들녘, 알프스의 푸른 목초지가 그려져 있었다.

그림 색깔은 너무 선명하고도 화려했다. 그래서 나는 이 세상 어디에도 그런 곳은 존재하지 않을 것이라고 생각했다. 나는 오랫동안 그림책에 그려진 세상이 가장 아름다운 곳이라고 믿었다. 어느 봄날, 따뜻하고 건조한 바람이 살랑이는 골짜기로 아버지와 함께 소풍을 가기까지는 말이다.

나는 자연의 아름다운 풍광을 보고, 두 눈을 의심하지 않을 수 없었다. 내 눈앞에 펼쳐진 산과 숲은 그림책에서 보았던 것보다 훨씬 더 찬란한 빛을 띠고 있었다.

그때 처음으로 자연과 대지에 대한 뜨거운 애정을 느꼈다. 자연을 사랑하고 경외하는 순수한 마음이었다. 그 감정은 나이가 들어서도 이따금 떠올랐다. 그럴 때마다 나는 고향에 가고 싶은 열망에 사로잡히곤 했다.

헤세가 〈작은 기쁨〉에서 고향의 아름다운 자연을 예찬하고 있다. 자연은 어떤 그림보다 더 아름답다. 인간의 손으로는 감히 그려 낼 수 없는 신의 위대한 작품이기 때문이다.

작지만 세상에서 가장 안전하고 평화로운 곳

인간이 지닌 가장 소담스러운 욕망 가운데 하나는 고향입니다. 어린 시절에 우리가 경험한 기억의 형상 말입니다. 고향이 다른 곳보다 아름답다는 것은 아닙니다. 어린 아이의 눈으로 처음 바라본 세상에는 순진함과 신비로움, 생동감이 충만해 있습니다.

할머니의 턱에 난 군살, 정원 울타리에 뚫린 구멍은 세월이 흘러도, 아니 세월이 흐를수록 더 사랑스럽고 간절해집니다. 세상의 다른 어느 아름다운 것보다 말입니다.

지금 나는 감상적인 분위기에 취해 말하는 것이 아닙니

다. 오히려 그 반대입니다. 우리에게 가장 확실하고 안전한 곳은 고향입니다.

물론 고향이라는 단어에서 떠올리는 것은 사람마다 다를 것입니다. 누구는 아름다운 풍광과 정원을 아니면 어느 아스라한 길목을 떠올릴 테고, 누구는 종소리나 새소리, 오르간 소리를 떠올릴 것입니다. 아니면 감자 굽는 냄새, 양파 써는 냄새를 떠올리기도 할 것입니다.

고향의 사투리도 그렇습니다. 나처럼 타향에서 살아가는 사람에게는 고향을 찾을 때마다 기차간에서 승무원이 외쳐대는 슈바벤 방언이 극락조의 울음소리처럼 들립니다.

우리 안에는 어린 시절부터 고이 간직해 온 보물이 하나 있습니다. 작지만 가장 안전하고 평화로운.

마음속에 깊이 간직해 온 정든 곳, 세상에서 가장 안전하고 평화로운 곳, 바로 고향이다. 남에게는 쓸모없는 폐물일지 모르지만, 나에게는 너무나도 소중한 보물이다.

우리가 걷는 인생길은

언제나 고향과 맞닿아 있다.

나를 다시금
살아나게 만드는 것들

나이가 들어 가면서 나의 어린 시절은 동화 속 아이처럼 곱슬하고 낯설고 채 피어나지 않은 형상으로 어렴풋이 나타난다. 잠 못 이루는 밤에는 어린 시절의 추억이 향기로운 꽃 내음과 아름다운 선율로 나를 반기더니 어느새 비애와 애수에 젖게 한다. 불행과 죽음의 고통, 부드러운 애무에 대한 갈망 그리고 기도와 눈물.

어린 시절의 추억은 언제나 내 마음을 설레게 한다. 금테를 두른 형상이 심연에서 올라와 나를 사로잡는다. 잎이 무성한 밤나무와 오리나무, 영롱한 아침 햇살 그리고 수려한 산세.

속세에서 벗어나 홀로 산길을 걷는 것, 소담스러운 행복감에 젖는 것, 아무것도 바라지 않고 사랑하는 것 모두 내 인생의 아름다운 순간들이다.

설레는 마음으로 낯선 마을에 들어서는 것, 밤하늘의 별을 헤아리는 것, 녹음이 짙은 잔디에 누워 편히 쉬는 것, 나무와 구름과 아이들과 이야기하는 것 이 모든 것을 나는 평생 사랑해 왔다.

어린 시절의 추억은 우리 인생에서 가장 아름다운 순간들이다. 더 이상 바랄 것도 없고 보탤 것도 없는 충만함이다. 어린 시절의 추억이 살아나면 나도 다시금 살아난다. 그때의 어린 아이로.

○○

환희에 찬 봄은 아직 끝나지 않았다

들녘에는 나무들이 하늘 높이 솟아오르고, 정원에는 수선화와 백합이 아름답게 싹을 틔우고 있었다. 그리고 거리를 오가는 사람들은 정겹게 인사를 나누었다.

저 멀리 갈색 숲은 초록의 밝은 빛을 띠고 있었다. 나는 들길을 걷다 살포시 꽃망울이 맺힌 앵초를 보았다. 맑은 하늘 위에서는 부드러운 4월의 구름이 꿈을 꾸고 있었다. 갈색으로 물든 들판은 푸른 싹과 줄기를 키워 내어 자신들이 지닌 생명의 힘을 과시하고 싶어 했다. 모든 생명이 준비를 마치고, 모든 생명이 꿈을 꾸고, 모든 생명이 창조의 열정을 품고 있었다.

해마다 이맘때쯤 나는 들뜬 마음으로 새로운 기적이 일어나는 순간을 기다렸다. 아름다운 생명이 땅속에서 나와 미소 지으며 빛을 향해 눈망울을 반짝이는 모습을 보고 싶었다. 하지만 기적이 일어나는 순간을 보지는 못했다. 어느샌가 꽃들은 여기저기 피어 있었고, 나무들은 엷은 잎으로 뒤덮여 있었다. 그리고 새들은 푸르른 하늘 아래서 마음껏 날갯짓하고 있었다. 내 눈으로 보지는 못했지만, 기적은 분명 일어났다.

이제 장화와 가방, 낚싯대와 노 젓는 도구를 챙겨 추억 속으로 달려갈 시간이다. 그리고 젊은 날의 환희를 되살릴 시간이다.

예전에는 봄이 무척 길었다. 아니, 봄이 끝나지 않을 것만 같았다. 내가 아직 어렸을 때는 그랬다.

단편 소설 모음집《이 세상에서》에 나오는 대목이다. 성장한 주인공이 어린 시절과 젊은 시절을 회상하는 내용이 담겨 있다. 누구에게나 어린 시절의 꿈은 현재 진행형이다.

젊어서는 꿈을 먹고 살고 늙어서는 추억을 먹고 산다

푸르른 강의 수면은 거울처럼 금빛으로 하얗게 반짝이고 있었다. 길가에 늘어선 가로수, 단풍나무와 아카시아나무 잎사귀들은 거의 떨어져 내렸다. 그 사이로 부드러운 10월의 햇살이 내리쬐고 있었다. 드높은 하늘도 구름 한 점 없이 담청색으로 물들어 있었다. 고요하고 맑고 정감 어린 가을날의 하루였다. 이런 날에는 지난여름의 아름다운 추억들이 되살아나 청량한 공기를 가득 채운다.

노인들은 생각에 깊이 잠긴 듯한 눈빛으로 창가에 앉아

혹은 집 앞에 놓인 벤치에 앉아 먼 하늘을 올려다본다. 전생애에 걸친 추억들이 맑고 푸른 가을 하늘 너머로 아련히 흘러가고 있었다.

《수레바퀴 아래서》의 한 대목이다. 어린 시절의 아름다운 추억이 되살아나면 누구라도 그 추억에 흠뻑 젖기 마련이다. 젊어서는 꿈을 먹고 살고, 나이가 들어서는 추억을 먹고 사는 것이 우리네 인생이지 않을까 싶다.

그 시절의 기억이 우리를 살아가게 한다

그 당시에는 모든 것이 지금과는 사뭇 달랐다. 훨씬 더 아름답고 즐거웠으며 활기가 넘쳐흘렀다. 아담한 정원에는 한스가 매달아 놓은 절구 물레방아가 돌고 있었다. 저녁 무렵이면, 나숄트 집 현관 앞에 둘러앉아 리제의 모험담을 듣기도 했다. 그때는 가리발디라고 불리던 이웃집 할아버지 그로스 요한을 강도 살인범이라고 생각하며 악몽에 시달리기도 했다.

한 달에 한 번꼴로 애타게 기다려지는 일들이 있었다.

풀을 말리는 일, 토끼풀을 베는 일, 낚시하러 가는 일, 가재를 잡는 일, 호프를 거두어들이는 일, 나무를 흔들어 자두를 따는 일, 불을 지펴 감자를 굽는 일 그리고 곡식을 타작하는 일. 그 사이에도 틈틈이 즐거운 축제일과 일요일이 있었다.

신비스러운 마법의 힘으로 한스를 끌어당기는 일들도 많았다. 집이나 골목길, 계단, 곡물 창고의 바닥, 분수, 울타리 그리고 사람들이나 동물들이 그에게는 모두 사랑스럽고 친숙하게 여겨졌다.

《수레바퀴 아래서》는 헤세의 자서전이라고도 불린다. 이 작품에는 그의 어린 시절에 대한 추억이 고스란히 담겨 있다. 고향의 흙내음과 어린 시절의 향수는 헤세를 살아 숨 쉬게 하는 원천이다.

기억한다는 것은 한때 즐겼던 걸 부여잡는 게 아니라
더욱 순수한 형태로 만들어 나가는 예술이다.

깊이는 어둠이 아니라 밝음에 있다

그는 일어나 창문으로 걸어갔다. 밤하늘에는 흘러가는 구름 사이로 별들이 반짝이고 있었다. 그는 한참이나 창가에 머물렀다. 그리고 하늘을 쳐다보면서 가을밤의 상쾌한 공기를 깊이 들이마셨다.

그는 손가락으로 하늘을 가리켰다.

"별과 구름이 만들어 내는 이 아름다운 광경을 한번 보세요. 사람들은 가장 어두운 곳이 가장 깊다고 생각할지 모릅니다. 하지만 어둡고 부드러운 것은 구름일 뿐입니다. 심오한 우주는 구름 너머 무한으로 치닫습니다. 세상의 비밀스러움과 심오함은 구름이나 검은 형상에 있는 것이 아닙니다. 깊이는 명료함과 명랑함 속에 있습니다. 잠자리에 들기 전에 별이 영롱하게 빛나는 만곡과 해협을 꼭 감상하기 바랍니다."

《유리알 유희》의 한 대목이다. 헤세는 깊이가 명료함과 명랑함 속에 있다고 말한다. 깊이는 어둠이 아니라 밝음이다. 그래서 깊이는 구름이 아니라 구름 뒤에 가려진 태양이어야 한다.

불현듯 밀려오는
다채로운 행복의 순간들

호수는 서서히 아름다운 자태를 드러내며 나를 유혹하기 시작했다. 이따금 보석처럼 반짝거리며 내 눈에 어른거렸다.

이토록 다채로운 행복의 순간들을 언어로 표현해 낼 수 있는 날이 올까. 유혹과 욕망, 불현듯이 밀려오는 만족감과 황홀감. 오늘 나는 그저 더듬거리며 할 말을 찾고 있을 뿐이다. 나는 이 느낌과 감동을 잊지 않기 위해 간결하게 적어 두기로 했다.

화가들도 자신의 본능과 직관을 믿고 쉽지 않은 길을

택한다. 그런데 언어에도 점묘파가 존재할 수 있을까. 푸른빛을 띤 초록, 노랑과 보라, 녹색을 띤 짙은 파랑이 조금 더 섞여 있는 것은 어떤 색인가.

어쩌면 이 고요한 배합 가운데 즐거움과 행복감이 어우러지는 달콤한 비밀이 숨어 있는지도 모른다.

헤세는 3,000점에 이르는 그림을 남겼다. 주로 수채화를 그렸고, 자신의 작품에 삽화를 그려 넣기도 했다. 그의 그림에는 자연의 아름다움과 더불어 자연에서 느끼는 행복감이 짙게 배어 있다.

계절은 누구에게나 빛나는 나날을 선사한다

방앗간의 앞뜰에는 크고 작은 압착기, 달구지, 과일을 가득 담은 바구니와 자루, 손잡이가 달린 통, 등에 지는 통, 대야, 나무로 만든 통, 산더미같이 쌓인 과일 찌꺼기, 나무로 만든 지렛대, 손수레, 빈 운반 도구 등이 여기저기 널려 있었다.

압축기는 움직이면서 삐걱거리는 소리, 찍찍하는 소리, 신음하는 듯한 소리, 떨리는 소리를 냈다. 대부분의 도구나 물건은 녹색으로 칠해져 있었다. 이 녹색은 과일 찌꺼기의 황갈색과 사과 바구니, 담녹색의 강물과 맨발로 뛰노는 아이들 그리고 맑은 가을 하늘의 햇빛과 어우러져 보는 이들에게 기쁨과 삶의 즐거움, 풍요로움을 선사했다.

사과가 으스러지며 내는 소리는 떫은 느낌을 주면서도 식욕을 돋구었다. 그 소리를 듣는 사람이라면 누구라도 얼른 사과 하나를 집어 들고 덥석 물지 않을 수 없을 것이다.

대롱 속에는 갓 짜낸 달콤한 과즙이 적황색을 띤 채 햇살 아래서 미소 지으며 흘러나왔다. 그 광경을 보는 사람이라면 누구라도 한 잔을 청해 재빨리 들이키지 않을 수 없을 것이다. 그리고 그 자리에 서서 촉촉이 젖은 눈망울을 글썽거리며 달콤한 물결이 자신의 목 속으로 흘러내리는 걸 느낄 것이다. 감미로운 과즙에서 풍기는 상큼한 향내가 온 동네에 가득했다.

이 향기야말로 한 해를 통틀어 가장 멋진, 성장과 결실의 정수인 셈이다. 겨울이 다가오기 전에 이 향기를 들이마실 수 있다는 건 정말이지 행복한 일이다. 사람들은 감사하는 마음으로 헤아릴 수 없이 많은 기쁘고 멋진 일들을 떠올릴 것이다.

포근한 5월의 비, 쏴 하는 소리를 내며 쏟아지는 여름 비, 산뜻한 가을의 아침 이슬, 부드러운 봄날의 햇살, 따갑게 내리쬐는 여름의 뙤약볕, 하얗게 또는 새빨갛게 빛나는 꽃망울, 잘 익은 과일나무에 흐르는 적갈색의 윤기, 계절과 함께 찾아오는 모든 아름다운 것들과 즐거운 것들.

그것은 누구에게나 빛나는 나날이었다.

봄과 여름, 가을과 겨울, 사계절은 자연이 우리에게 주는 놀라운 선물이다. 계절마다 고유의 아름다움과 즐거움이 있다. 특히 가을날의 풍요로움과 향기로움은 자연을 더욱더 빛나게 한다.

삶의 기쁨
혹은 슬픔

내가 아름다움을 있는 그대로 즐길 수 없다는 것, 아름다움을 풀어헤치고 낱낱이 잘라 내는 것 그리고 다시금 새롭게 예술적으로 복원하는 것은 나에게 저주이자 축복이다. 애써 떨쳐 내려고 해 보지만, 어느 틈엔가 나타나 나를 힘들게 하는 개인적인 기질이다. 오랫동안 이어져 온, 무책임하면서도 순수한 몰입과 탐닉.

하지만 즉흥적이고 암울한 욕망 때문에 내가 추구하는 이상을 그르치게 할 수는 없다. 어스름한 여명에 잠시 머물 수는 있지만, 그곳에 영원히 안주할 수는 없다.

내 삶의 기쁨과 소망은 아름다움 속으로 깊이 파고들어 본질을 보다 명쾌하게 밝혀내는 것이다.

오후에는 밝은 햇살이 드넓은 호수 위로 내리쬐고 있었다. 나는 배에 올라 노 젓는 자리에 드러누운 채 수면 위를 바라보았다. 붉은색과 푸른색, 금색을 띤 다채로운 물결이 잔잔하게 출렁이었다.

내 눈은 초점을 잃은 채 나비의 날갯짓처럼 바다 위를 이리저리 퍼덕이고 있었다. 시야는 흐릿해지고 정신은 몽롱해졌다. 그리고 형용하기 힘든 행복감이 물밀듯이 밀려왔다.

헤세는 예술가로서의 숙명 때문에 괴로워했다. 자연을 예술로 승화하고 형상화하는 것이 그에게는 축복이면서 동시에 저주다. 자연을 있는 그대로 받아들이고 마음껏 즐길 수 있다는 것은 진정 행복한 일이다.

행복은 내일에 대해 아무것도 바라지 않고,
오늘이 가져다주는 것을 감사히 받아들이는 것이다.
바로 그때, 마법의 순간이 찾아온다.

행복을 좇지 않을 때
비로소 행복이 찾아온다

그대가 쉬지 않고 행복을 좇는 한
그대는 아직 행복할 준비가 되어 있지 않다.

아무리 좋은 것을 손에 쥐고 있다 해도.

그대가 지나간 것을 아쉬워하고
세상의 부귀영화에 매달리는 한
그대는 아직 진정한 평화를 알지 못한다.

그대가 모든 욕망을 버리고

아무것도 소유하려 하지 않고

행복을 향해 소리치지 않을 때

그제야 비로소

세상의 모든 시름에서 벗어나

그대의 영혼은 편히 쉬게 될 것이다.

〈행복〉이라는 헤세의 시다. 행복이란 무엇일까. 그건 무소유와 무욕이다. 마음과 영혼의 안식이다. 욕심을 버리고 마음을 비우고 부귀영화를 좇지 않을 때 그때야 비로소 행복이 그대 안에 깃들 것이다.

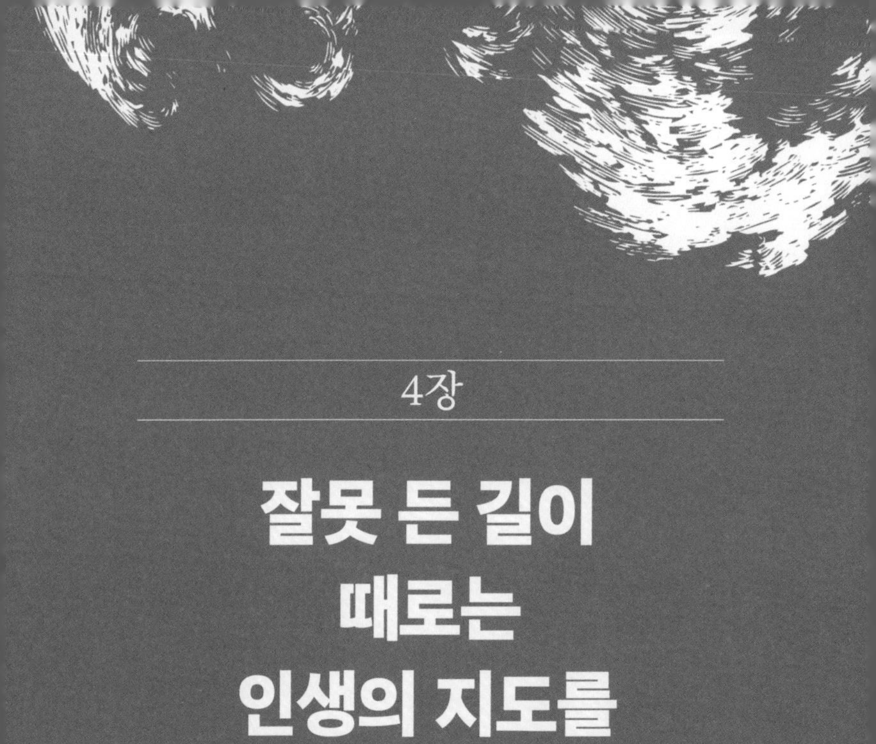

4장

잘못 든 길이 때로는 인생의 지도를 그린다

장 해설

풍파에도 쉽게 흔들리지 않을 뿌리를 내려야 한다

중국 동부 지역에서 자생하는 모소대나무는 4년 동안 3cm밖에 자라지 않는다. 그런데 놀랍게도 5년째 되는 날부터 하루에 30cm 넘게 자라기 시작한다. 그리고 6주 만에 15m 높이로 자란다.

이게 어떻게 가능한 것일까. 모소대나무는 겉으로 보기와는 달리 실제로는 4년 동안 땅속 깊이 뿌리를 내린다. 그 '깊이'가 '높이'를 만들어 낸 것이다. 헤세는 "가지를 흔들지 말고, 뿌리를 깊이 내려라"라고 말한다. 세파에 쉽게 흔들리지 말고 인생의 뿌리를 깊이 내려야 한다.

나무마다 꽃이 피는 시기가 다르다. 인생의 꽃을 피우는 시기도 사람마다 다르다. 인생에서 너무 늦은 때는 없다. 언제나 지금이 바로 '그때'이기 때문이다.

꽃이 화려해야 아름다운 것은 아니다. 단아한 모습으로 잔잔한 아름다움을 풍기는 꽃도 있다. 길가에 무심히 피어 있는 이름 모를 꽃도 아름답기는 매한가지다. 모진 비바람을 견뎌 내고 인생의 꽃을 피워 내는 것만으로도 충분히 아름답다.

헤세는 다음과 같이 말한다.

"마지막 발걸음은 그대 혼자 내디뎌야 한다."

우리는 태어나면서부터 걸음마를 배운다. 수천 번 넘어져도 포기하지 않는다. 그리고 마침내 두 발로 세상을 딛고 일어선다. 바로 그때부터 인생의 여정이 시작된다. 삶의 여정은 죽음을 향한 여정이기도 하다. 함께 걷는 법뿐 아니라 홀로 걷는 법을 배워야 하는 이유다.

그런데 마지막 인생길에서 후회 없는 발걸음을 내디딜 수 있는 사람이 얼마나 될까.

"내게는 죽음에 맞서 싸울 무기가 필요하지 않다. 죽음은 존재하지 않고, 죽음에 대한 불안만이 존재한다. 그것은 치유될 수 있다."

헤세의 말이다.

변하지 않는 단 하나는 모든 것은 변한다는 사실이다

꽃은 열매를 맺고

아침은 저녁이 된다.

이 세상에 영원한 것은 없다.

변하는 것만이 영원하다.

생동하던 여름도

언젠가는 가을이 되고

그렇게 생기를 잃는다.

마른 잎 하나.

조용히 참고 기다려라.

유희를 즐겨라.

바람에게 그대를 맡겨라.

언젠가는

바람에 실려

고향으로 갈지니.

헤세의 시 〈마른 잎〉은 자연의 변화와 더불어 인생의 무상함을 표현하고 있다. 영원한 것은 없다. 모든 것은 변한다. 그리고 모든 길은 고향으로 이어져 있다.

우리는 모두 같은 몸에서 태어났다

나는 그대들에게 대지의 심장이 뛰는 소리를 들려주고 싶다. 그대들이 우주와 대지의 자녀라는 사실을 일깨워 주고 싶다. 시인이 노래하는 것처럼, 우리가 꿈을 꾸는 것처럼, 강과 바다, 바람과 구름도 우리의 동경과 갈망을 오롯이 나타낸다는 것을 말해 주고 싶다.

이 모든 자연이 하늘과 땅 사이에서 날개를 활짝 펴고 생명의 불멸을 전하고 있다는 것을. 자연에 대한 사랑이 기쁨과 행복의 원천이라는 것을. 자연을 보고, 걷고, 즐기는 행위가 삶의 욕망을 충족시켜 준다는 것을.

살아 있는 존재는 모두 생명의 형제다. 그러니 더 이상 고통과 죽음을 두려워할 필요 없다. 그대들에게 웃으며 다가오는 자연을 기꺼이 두 팔 벌려 안아 주어야 한다.

《페터 카멘친트》의 주인공 페터는 자연에서 태어나 세상과 문명을 경험하고 다시금 자연으로 돌아온다. 그리고 자연의 품에 안겨 숨을 거둔다. 자연에서는 누구나 하나가 된다. 생명이 있는 존재는 모두 자연의 형제다.

고집스레 버티는 삶
앙상하게 시드는 죽음

여러 해 동안
부러진 가지가 나무에 매달려 있다.

바람이 불 때마다
삐걱거리는 소리를 내며
자신만의 노래를 부른다.

잎새도 껍질도 없이
초췌한 모습으로

벌거벗은 채.

때로는 억세게

때로는 끈덕지게

때로는 고집스레

때로는 불안스레.

너무 긴 삶과 너무 긴 죽음.

또 여름이 찾아오고

또 겨울이 찾아올 것이다.

〈부러진 가지가 삐걱거리는 소리〉라는 시다. 앙상하고 초췌한 모습으로 나무 끝에 매달린 채 휘몰아치는 바람에도 삐걱거리는 소리를 내며 마지막 순간까지 버텨 내는 모습이 우리네 삶과 무척 닮아 있다.

인생이란 이중주 연주곡이다

저 멀리서 종소리가 들려온다.

이제 막 누군가가 땅속에 묻혔다.

다른 골짜기에서는

라우테의 선율이

바람에 실려 들려온다.

지나가는 나그네에게는

죽음을 알리는 소리나

삶을 노래하는 소리나
달리 들리지 않는다.

불현듯 궁금해진다.

이 소리를 온전히 알아들을 수 있는 사람이 있기는 한 것일까.

인생은 삶과 죽음이라는 2개의 악기로 연주하는 이중주다. 누군가는 새로운 생명을 기쁘게 맞이하고 또 누군가는 원치 않는 죽음에 맞닥뜨린다. 삶과 죽음의 선율을 알아듣는 사람이라면 진정 인생을 온전히 아는 사람이리라.

인생은 우리가 해결해야 할 문제가 아니라
살아가야 할 신비로움이다.

우리의 소명은 친화가 아니라 조화다

나르치스가 말했다.

“서로에게 가까이 다가가는 것이 우리의 소명은 아닙니다. 태양과 달, 바다와 육지가 서로 다가가려고 하지 않는 것처럼 말입니다. 우리의 목표는 서로를 인정하고, 서로를 존중하고, 서로에게 부족한 부분을 채워 주는 것입니다.

당신들은 강하면서도 부드러운 감성을 지니고 있습니다. 언제나 생기가 넘쳐납니다. 몽상가나 시인, 연인과 같은 부류입니다. 하지만 우리는 정신적인 부류의 사람입니다.

당신들의 뿌리는 어머니입니다. 당신들은 사랑의 힘으로 인생을 살아갑니다. 하지만 우리는 황량한 사막 한가운데서 살아가고 있습니다.

당신들은 예술과 사랑의 정원에서 달콤한 열매를 맛봅니다. 당신들의 고향은 대지입니다. 하지만 우리의 고향은 관념입니다.

당신들이 겪게 되는 위험은 육감적인 세계에 빠져드는 겁니다. 하지만 우리의 위험은 공기마저 희박한 공간에서 숨이 막혀 죽는 것입니다.

당신은 예술가이고, 나는 사상가입니다. 당신은 어머니의 따뜻한 품 안에서 잠들고, 나는 메마른 대지 위에서 깨어납니다.

내 안에는 태양이 있고, 당신 안에는 달과 별이 있습니다. 당신은 어린 소녀를 꿈꾸고, 나는 어린 소년을 꿈꿉니다."

《나르치스와 골드문트》는 '지와 사랑'으로도 잘 알려져 있다. 정신과 육체, 이성과 감성, 시민성과 예술성 등 수많은 이원적인 대립 구도에서 벗어나 조화와 공존 가능성을 모색하는 작품이다.

OO

잔잔한 일상이 쌓여 인생이 된다

저녁 무렵,

연인들은 들길을 따라 거닐고
여인들은 머리를 풀어헤친다.
그리고 장사꾼들은 돈다발을 센다.

마을 사람들은
걱정스러운 얼굴로
석간신문을 들여다본다.

아이들은 자그마한 손을 움켜쥔 채
깊은 잠에 빠져든다.

모두는 자신만의 고귀한 의무를 따르고
자신에게 주어진 진실을 이루어 간다.

헤세가 저녁 무렵의 풍경을 그리고 있다. 아이와 여인, 이웃의 소소한 일상 이야기가 나직하게 들려온다. 일상이 행복이고 진실이다.

OO

시인은 새로운 세상을 만들어 내는 창조주다

시인이 골몰히 지어내는 것,

책 속에 운과 구를 써넣는 것.

누군가에게는 덧없어 보일지 모르지만,

신은 그 모든 걸 기꺼이 받아 준다.

세상을 주관하시는 이가

때로는 시인이 되기도 한다.

저녁 종소리가 울려 퍼지면

노을에 붉게 물든 구름이

산기슭을 휘감으며

아름다운 유희를 펼친다.

시인은 신이다. 시인은 자신의 글로 모든 생명에 의미를 부여하고 새로운 세상을 만들어 내는 창조주다.

모호함을 명료함으로,
복잡함을 단순함으로 바꾸는 힘

태양은 우리에게 빛으로 말하고,

꽃들은 아름다운 향기로 말을 건넨다.

대기는 구름과 눈, 비의 형상으로 말한다.

세상의 신성한 것에는 잠재우기 힘든 욕망이 있다.

모든 사물의 침묵을 깨려고 하는.

때로는 말로

때로는 몸짓으로

때로는 색깔로

때로는 소리로

세상의 비밀을 드러낸다.

여기서 예술의 샘물이 솟아난다.

단어를 찾고, 계시를 찾고, 이치를 찾아낸다.

그리고 영원한 진리를 밝혀낸다.

모든 생명은 언어를 갈구하고,

의미의 왕좌를 더 높이 쌓아 올린다.

말과 소리가 모여드는 곳,

노래가 들려오고 예술이 펼쳐지는 곳,

그곳에서 세상과 모든 존재의 의미가 드러난다.

노래와 책, 그림은

인생의 단일성을 밝히려는 하나의 시도다.

시학과 음악, 다양한 창작물이
이 단일성 안으로 그대를 유혹한다.

단 한 번만 그 안으로 들어서면
거울을 들여다보듯이 모든 것이 명백해질 것이다.

시학 속에서
모호한 것들은 명료해지고,
복잡한 것들은 단순해질 것이다.

세상은 참된 의미를 얻고,
무언의 존재는 마침내 입을 열 것이다.

헤세의 〈언어〉라는 시다. 언어는 소통의 도구일 뿐 아니라 모든 존재의 본질을 드러내는 무한한 힘을 지니고 있다. 독일 철학자 하이데거가 한 말이다.
"언어는 존재의 집이다."

언어의 차이가 존재의 차이를 만든다

당신은 모든 인간이 천재라고 말합니다. 인간은 그 자체로 온전한 존재이고, 그 안에 모든 가능성이 내포되어 있기 때문이라고 말합니다. 하지만 그건 조금은 위험한 생각이 아닐까 합니다. 왜냐하면 선과 악, 미와 추 그리고 모든 대립 개념은 하나의 단일성 안에서 용해될 수 있기 때문입니다. 이건 비교(祕敎)적인 진리입니다. 물론 보통 사람들이 쉽게 이해하고 수용할 수 있는 것은 아닙니다.

노자는 훌륭한 덕목이나 위대한 작품들을 높이 평가하

지 않았습니다. 젊은 시절의 루터와 다르지 않을 겁니다. 물론 노자도 공공연하게 자신의 주장을 펼치기에는 조심스러울 수밖에 없었을 것입니다.

만약 인간과 천재가 같은 의미를 지닌다고 하면 자칫 언어의 존재 가치가 흔들릴지도 모릅니다. 언어는 아주 섬세한 차이를 전제로 하기 때문입니다.

한 언어가 다른 언어를 손쉽게 대체할 수 있다면 궁극적으로는 아무것도 남지 않게 될 것입니다. 당신도 그 사실을 인지하고 있으리라 믿습니다.

헤세가 베른의 신학교 학생에게 보낸 편지다. 노자는 인위적이지 않은 자연 상태가 '도'에 가깝다고 보았다. 헤세는 인위적인 언어로 모든 것을 표현하거나 전달할 수 없다고 말한다. 지혜나 진리는 더더욱 그렇다.

인생을 너무 진지하게 받아들이지 마라.

누구도 살아서는 이 모험에서 벗어날 수 없다.

OO

완벽하지 않기에 이해하려는 노력이 필요하다

크네히트가 조심스럽게 입을 열었다.

"서로 다른 민족이나 언어를 이해하는 것은 결코 쉬운 일이 아닙니다. 그렇다고 포기해서도 안 됩니다. 세상에는 소통을 가로막는 장벽이 너무 많습니다. 교육이나 가치관, 재능이나 개성의 차이가 서로를 이해하는 데 걸림돌이 되기도 합니다.

모든 인간은 궁극적으로 서로를 이해할 수 있다고 말하는 사람도 있고, 완벽한 소통은 근본적으로 불가능하다고 말하는 사람도 있습니다. 둘 다 맞는 말입니다. 그건 음과 양이고, 낮과 밤입니다. 둘 다 현실과 진리에 부합합니다.

내가 중국인이고 당신이 서양인이라면 우리는 서로 다른 언어로 이야기할 것입니다. 그럼에도 서로를 이해하려는 선한 의지만 있다면 어렴풋이 느껴볼 수도 있고 미루어 짐작해 볼 수도 있습니다. 적어도 서로를 이해하기 위해 노력할 수는 있습니다."

《유리알 유희》에 나오는 카스탈리엔은 가상의 유토피아다. 이곳에서는 다양한 학문과 예술, 모든 사상과 이념이 하나로 융합된다. 그리고 신비로운 유리알 유희를 중심으로 보다 높은 차원의 존재 가능성을 계시한다.

그림자가 있는 곳에는 언제나 빛이 존재한다

아름다운 별의 남쪽 어딘가에서 끔찍한 사고가 일어났다. 무시무시한 뇌우와 홍수를 동반한 지진이 순식간에 마을 세 곳을 덮쳤다. 그리고 그곳에 있는 정원과 들판, 숲을 폐허로 만들어 버렸다. 안타깝게도 많은 사람이 목숨을 잃었다. 그런데 무엇보다 그들의 시신을 덮어 주고, 묘지를 장식해 줄 꽃이 부족했다. 다른 문제들은 어렵지 않게 해결되었다.

끔찍한 시간이 지나고 난 뒤 곧바로 도움의 손길을 청

하는 전령이 이웃 마을로 향했다. 이웃 마을의 탑에서는 가슴을 울리는 감동적인 노래가 울려 퍼졌다. 예로부터 위로의 여신에게 바치는 헌시로 잘 알려진 노래였다.

이웃 마을에서 도움의 손길이 건네졌다. 집을 잃은 사람에게는 거처를 마련해 주었다. 음식과 옷, 차량과 말, 도구와 가구 등 구호 물품도 속속 도착했다. 노인과 여자, 아이들은 이웃 주민들의 따뜻한 환대를 받았다. 그들은 다친 사람들을 세심하게 씻겨 주고, 붕대를 묶어 주었다. 무너진 지붕과 벽을 걷어 내고, 집을 새로 짓기 위한 준비에 들어갔다.

비록 예기치 못한 재난으로 어두운 그림자가 드리우기는 했지만, 살아남은 사람들의 얼굴에는 부드럽고 장엄한 축제와도 같은 분위기가 엿보였다. 이들의 가슴에는 의미 있는 일을 함께한다는 공동체 의식이 살아 있었다.

처음에는 모든 일이 긴장감과 침묵 속에서 이루어졌다. 하지만 이내 밝고 경쾌한 노랫소리가 여기저기서 들려왔다. 그 가운데 하나는 '고난에 처한 사람에게 도움의 손길을 내미는 자는 복이 있나니'였다. 그리고 다른 하나는 '함께 행하는 자로 인해 신은 기뻐하노라'였다.

해마다 이맘때쯤이면 관광객들이 수선화와 크로커스를 보기 위해 이곳으로 몰려들었다. 다른 곳에서는 이처럼 잘 가꾸어지고 아름답게 물든 꽃을 찾기 어려웠다. 하지만 이제는 꽃이 모두 뽑힌 채로 썩어 가고 있었다.

예로부터 제철 꽃으로 시신을 장식하는 것이 마을의 풍습이었다. 엄숙하면서도 화려한 장례식에도 꽃이 필요했다. 처음 발견한 시신들은 정원에서 주워 온 꽃과 가지들로 장식했다.

얼마 뒤 그 지방에서 가장 나이가 많은 노인이 차를 타고 나타났다. 마을 사람들은 그에게 달려가 하소연을 늘어놓았다. 노인은 평온함과 인자함을 잃지 않으려고 애썼다. 그의 의지는 굳건했다. 그의 눈빛은 밝고 다정했으며, 목소리는 분명하고도 정중했다. 흰 수염 아래로 보이는 입술은 평온하고 따뜻한 미소를 머금고 있었다. 그것은 지혜로운 현인에게 어울릴 만한 미소였다.

헤세의 《동화》에는 〈아우구스투스〉, 〈시인〉, 〈다른 별에서 온 기이한 소식〉, 〈험난한 길〉 등 여러 산문이 들어 있다. 그리고 현실과 환상을 넘나들며 인간의 내면세계와 삶의 진실을 탐구하는 이야기들로 이루어져 있다.

우물을 벗어나 더 넓은 세상을 만나야 한다

저녁에 페낭에 도착해 유럽풍의 호텔에 묵기로 했다. 화려하면서도 품격 있는 방이었다. 베란다 앞에는 푸른빛을 띤 갈색의 바닷물이 방조제 벽에 부딪치고, 저녁노을에 물든 나무들이 붉은 모래밭 위에 다정하게 서 있었다.

바다 위에는 거대한 용의 날개처럼 생긴 정크들이 떠 있었다. 배 위에는 적갈색과 노란색을 띤 돛이 마지막 햇살을 받으며 번쩍였다. 해변의 모래밭은 하얀 띠를 둘렀고, 만곡에는 작은 산호섬들이 옹기종기 모여 있었다. 저 멀리 푸른 언덕이 희미하게 보였다.

나는 몇 주 동안이나 비좁은 선실에서 지낸 탓에 방 안에 머물며 쾌적한 분위기를 만끽하기로 했다. 그래서 푹신하고 편안한 긴 의자에 몸을 눕혔다. 그때 철학자의 눈과 외교관의 손을 가진 자그마한 체격의 중국인이 조용히 다가와서는 차와 바나나를 탁자 위에 내려놓았다.

나는 목욕을 마치고 나서 식당으로 내려갔다. 식당에는 아름다운 음악이 흐르고 있었다. 하지만 아쉽게도 음식은 별로 마음에 들지 않았다. 그 사이 깊고 검푸른 밤이 찾아왔다. 나무들이 바람에 흔들리며 살랑거리는 소리, 딱정벌레와 매미, 어린 새들이 우는 소리가 들려왔다.

나는 모자를 쓰지 않고 가벼운 실내화만 신은 채 거리로 나섰다. 그리고 지나가는 인력거를 불러 세웠다. 인력거꾼은 힘이 세고 기민해 보였다. 나는 모험심으로 한껏 들뜬 채 그에게 말레이어로 이야기를 건넸다. 하지만 그는 내 말을 거의 알아듣지 못했다. 나도 그가 하는 말을 제대로 알아듣지 못했다. 그는 여느 인력거꾼처럼 어린아이같이 환한 미소를 지어 보였다. 그 깊이를 알 수 없는 아시아인 특유의 친절한 미소였다. 그러고는 이내 빠른 발걸음으로 그 자리를 떠났다.

얼마 뒤에 우리는 시내에 들어섰다. 골목길마다 집집마다 요란하지 않으면서도 놀랍도록 강렬한 삶이 펼쳐지고 있었다. 어디를 가나 중국인들이 눈에 띄었다. 그들은 동방의 은밀한 지배자였다. 중국인들이 운영하는 상점과 호텔, 클럽, 찻집과 유곽이 도처에 즐비했다.

간혹 골목길에는 말레이인들이 모여 수다를 떨기도 했다. 남자들은 검은 수염을 기르고 흰 터번을 둘렀으며 건장한 어깨를 자랑했다. 금빛 장식을 한 여인들의 얼굴은 거리의 횃불에 비쳐 밝게 빛나고 있었다. 아이들도 한데 모여 뛰놀고 있었다. 아이들의 얼굴은 흑갈색이고, 배는 불룩하고, 눈은 무척이나 아름다웠다.

이곳은 일요일도 없고 밤도 없었다. 퇴근도 휴식도 없이 자신에게 주어진 일을 묵묵히 이어 나갔다. 노점상들은 웅크린 자세로 끈기 있게 자리를 지키고 앉아 있었다. 시끌벅적한 거리의 모퉁이에서는 이발사가 근엄한 표정을 지으며 일에 몰두하고 있었다. 구두를 만드는 작업장에서는 20명가량의 노동자들이 열심히 가죽을 두드리고 바느질하고 있었다. 이슬람 상인은 낮고 널찍한 판매대 위에 아름다운 천들을 펼쳐 놓았다. 그들 대부분은 유럽에서 건너온 것들이었다.

중국 유곽의 잘 꾸며 놓은 제단은 금빛으로 빛나고 있었다. 나이 든 중국인들은 냉담한 표정과 충혈된 눈으로 노름에 깊이 빠져들었다. 다른 사람들은 누워서 쉬거나 담배를 피우기도 하고 음악을 듣고 있었다. 그 음악은 세련되고 끝없이 복잡한, 그러면서도 한 치의 어긋남도 없이 명쾌한 선율을 지닌 중국 음악이었다.

골목길에서는 요리사들이 국을 끓이고 고기를 구웠다. 배고픈 사람들은 널빤지 식탁에 둘러앉아 식사를 즐겼다. 내가 레스토랑에서 3달러를 주고 먹은 음식보다 여기서 10센트를 주고 먹는 음식이 나쁘지 않았다.

과일 상인들은 이전에 내가 본 적 없는 이국적인 과일들을 선보였다. 작은 상점에는 말린 생선이나 빈랑나무 열매로 만든 장식품이 진열돼 있었다.

휘황찬란한 불빛 아래서 동양의 동화 속에 나오는 인물들은 여전히 동시대를 호흡하고 있었다. 숙련된 이발사들도 옛날과 다르지 않았다. 운송에 종사하는 사람들과 일자리를 구하는 사람들은 살가운 표정으로 열심히 자신들의 이야기를 늘어놓고 있었다.

《인도에서》는 헤세가 아시아의 여러 나라를 여행하고 쓴 기행문이다. 그는 이 책에서 그곳의 자연과 문화, 풍토, 사람들에 대해 매우 상세하게 묘사하고 있다.

ꝏ

거친 욕망을 길들이고 절제의 이상을 가르치다

학교 선생님을 무심하다거나 고루하다거나 혹은 영혼 없는 속물이라고 욕할 수 없다. 오랫동안 외부의 자극에 무덤덤해진 아이의 재능이 싹트기 시작할 때 그 아이가 나무칼이나 돌팔매질, 활쏘기 같은 놀이를 그만두고 앞을 향해 힘찬 발걸음을 내디딜 때, 제멋대로 자라 온 아이가 진지한 학습을 통해 섬세하고 금욕적인 아이로 탈바꿈할 때, 그 아이의 얼굴에 연륜과 학식이 더해 가고 그의 눈망울이 목표를 향해 더욱 깊어질 때 그리고 그의 보드라운 손이 점점 더 희어질 때 학교 선생님의 영혼은 기쁨과 자랑에 겨워 함박웃음을 머금게 된다.

학교 선생님의 의무는 어린 소년의 내면에 자리 잡고 있는 자연의 조야한 정력과 욕망을 길들임과 동시에 송두리째 뿌리 뽑는 것이다. 그리고 아이에게 절제의 평화로운 이상을 심어 주는 것이다. 현재 만족스러운 삶을 영위하고 있는 시민이나 임무에 충실한 관료라 할지라도 학교에서의 이런 교육이 없었다면 미쳐 날뛰는 개혁가나 쓸데없는 상념에 사로잡힌 몽상가가 되었을 것이다.

헤세는 《수레바퀴 아래서》를 통해 학교의 엄격하고 강압적인 규율을 비판한다. 그러면서도 교육이 지니는 긍정적인 측면을 부정하지는 않는다. 욕망을 길들인다는 것은 절제의 미덕을 심어 주는 것이기 때문이다.

자연인으로서의 인간과 사회인으로서의 인간

소년의 내면에는 거칠고 야만적인 무질서의 본능이 숨어 있다. 먼저 그것을 깨뜨려야 한다. 그것은 위험하기 짝이 없는 불꽃이다. 그것을 꺼 버려야 한다. 자연이 만든 인간은 예측 불허의 불투명하고 위험스러운 존재다.

인간은 미지의 산맥에서 흘러내리는 물줄기이며, 길도 질서도 없는 원시림이다. 원시림의 나무를 베고, 깨끗이 치우고, 통제하듯이 학교 또한 자연인으로서의 인간을 깨부수고, 굴복시키고, 강압적으로 억눌러야 한다. 학교의 사명은 인간을 사회의 유용한 일원으로 만드는 것 그리고 잠재된 개성들을 일깨우는 것이다.

《수레바퀴 아래서》에 나오는 또 다른 대목이다. 거칠고 야만적인 본능을 억누르고 잠재된 개성을 일깨우는 것이 학교의 사명이다. 그럼으로써 자라나는 젊은이를 사회의 유용한 일원으로 길러 낸다.

우리는 인생이 의미가 있어야 한다고 믿는다.

하지만 인생은 우리 자신이 줄 수 있는 만큼만 의미가 생긴다.

풍요롭고 고귀하지만 억압적인 선물

1.

부모님에게서 물려받은 유산은 간단한 것도 쉬운 것도 아니었다. 하지만 풍요롭고 고귀한 것이었다. 그 유산은 우리의 주의를 환기시키고 우리에게 의무감을 부여했다. 부모님은 우리에게 많은 것을 요구했지만, 자신들에게 더 많은 것을 요구했다. 그리고 우리를 위해 모범적인 삶을 살았다.

부모님은 엄격하거나 완고하지 않았지만, 분명한 원칙

이 있었다. 그것은 경건주의적이고 기독교적인 원칙이었다. 인간의 의지가 천성적으로 악하기 때문에 우리가 기독교 공동체 안에서 신의 사랑과 구원을 얻기 위해서는 이러한 의지가 꺾여야 한다는 원칙이었다.

우리는 하나의 엄격한 원칙 아래서 성장했다. 자연스러운 취향이나 욕구를 불신하는 그리고 우리의 타고난 재능이나 소질, 특성을 장려하거나 받쳐 줄 생각이 전혀 없는 원칙이었다.

2.

인간이 자신의 삶을 신에게서 받은 선물이라고 믿는 것, 이기적인 충동에서가 아니라 신에 대한 봉사와 희생정신으로 인생을 살기 위해 노력하는 것, 어린 시절의 이토록 위대한 체험이 내 삶에 커다란 영향을 미쳤다.

내가 저지른 숱한 반항에도, 견진성사 이래로 단 한 번도 예배에 참석하지 않았음에도, 니체와 쇼펜하우어, 인도와 중국의 가르침을 통해 나의 길로 나아갔음에도, 나는 여전히 선교사의 아들로 남아 있었다.

헤세가 자라난 시대에는 학교 교육과 마찬가지로 가정 교육도 엄격하고 억압적이었다. 헤세는 부모가 자신의 취향이나 기질을 인정하지 않는 데 대해 무척 힘들어하고 아쉬워했다. 또한 헤세는 개신교 선교사의 아들로 태어났다. 그는 독일 경건주의 가정에서 자라났지만 기독교뿐 아니라 힌두교, 불교, 도교 등 다양한 종교를 배우고 익혔다.

ㅇㅇ

삶은 죽음보다 강하고 믿음은 의심보다 강하다

예술이라고 불릴 만한 신학이 있고, 학문이라고 불릴 만한 신학이 있다. 그것은 예나 지금이나 마찬가지다. 과학적인 사고를 지닌 사람들은 오래된 포도주를 언제나 새로운 술 포대에 담는다. 하지만 새로운 포대에 담기 때문에 전통적인 가치는 사라지고 만다. 반면에 예술가들은 행여 잘못된 주장일지라도 자신의 신념을 고집하면서 사람들에게 위로와 기쁨을 가져다준다.

비평과 창조, 학문과 예술 사이에서 불평등한 싸움이 지

속되어 왔다. 이 싸움에서 과학은 별다른 도움 없이도 정당성을 인정받았다. 지금까지 예술은 믿음과 사랑, 위로와 아름다움 그리고 영원에 대한 예감의 씨앗을 뿌려 왔다. 그리고 풍요로운 토양을 일구었다. 그것은 삶이 죽음보다 강하고, 믿음이 의심보다 강하기 때문에 가능한 일이었다.

신학과 예술과 과학은 서로 다르다. 뿌리도 다르고 지향점도 다르다. 그런데 삶이 죽음보다 강하고 믿음이 의심보다 강하다면 신학과 예술과 과학 가운데 무엇이 더 강한 것일까.

나의 믿음은
나와 다른 얼굴을 하고 있다

아시아는 세계의 한 부분이 아니라 매우 특이하면서도 비밀스러운 곳이다. 인도와 중국 사이 어딘가에 놓여 있는. 거기서 민족들과 그들의 종교, 가르침이 생겨나고, 거기서 모든 인간 존재의 뿌리와 모든 생명의 원천이 생겨났다. 그리고 거기에 신들의 형상과 계율이 자리 잡고 있었다.

나의 믿음이 인도의 이름과 인도의 얼굴을 하고 있는 것은 결코 우연이 아니다. 나는 2가지 형태의 종교를 체험했다. 하나는 경건한 신교도의 아들과 손자로서 체험한 종교이고, 다른 하나는 인도적인 가르침을 받은 사람으로서 체험한 종교다.

나는 단 하루도 종교 없이 산 적이 없고, 종교 없이 살 수도 없다. 하지만 나는 평생 교회 없이 살아왔다.

헤세의 부모 집은 동서양의 종교와 학문이 맞닿는 공간이었다. 덕분에 그는 기독교뿐 아니라 힌두교와 불교, 유교와 도교 등에 관해 폭넓은 지식을 습득했다. 헤세의 동양적인 취향과 세계 시민적인 기질 그리고 다원적인 가치관은 이미 이때부터 형성되었다.

지식은 전할 수 있지만 지혜는 전할 수 없다

싯다르타는 몸을 숙여 돌을 하나 집어 들었다.

"여기 이 돌이 언젠가는 흙이 될 것입니다. 그리고 땅에서 자라나 짐승이 되고 인간이 되겠지요. 예전에 나는 돌은 그저 돌일 뿐이라고 생각했습니다. 아무 가치도 없는 환영이라고 말입니다. 하지만 돌은 영원한 윤회의 흐름 속에서 인간이 되기도 하고 영혼이 되기도 합니다. 그래서 나는 돌에 무한의 가치를 부여합니다.

이 돌은 돌이기도 하고 짐승이기도 하고 하느님이기도

하고 부처이기도 합니다. 나는 이 돌을 사랑합니다. 돌을 두드릴 때 나는 소리를 사랑합니다. 노란색이거나 회색을 띠는 돌, 흠이 없거나 흠이 파인 돌, 물에 젖어 있거나 마른 돌, 무르거나 딱딱한 돌, 이 모든 돌을 사랑합니다.

만질 때 기름을 바르거나 비누를 칠한 느낌이 드는 돌, 잎사귀나 모래처럼 느껴지는 돌, 모두 나름의 방식으로 '옴'을 숭배하고 있습니다. 모든 돌은 브라만이면서 동시에 돌입니다.

더 이상 말하지 않겠습니다. 말로 신비로운 의미와 지혜를 드러낸다는 것은 매우 힘든 일입니다. 말은 입 밖에 낼 때마다 달리 말하고 달리 들립니다. 누군가에게는 지혜로운 말이 다른 누군가에게는 어리석게 들리기도 합니다. 지식은 전할 수 있지만, 지혜는 전할 수 없으니까요."

'염화시중'은 영산회에서 석가모니가 연꽃 한 송이를 들어 보이자 마하가섭만이 그 뜻을 깨닫고 미소 지었다는 데서 유래한다. 절대적인 진리는 입에 담기 어렵다. 입 밖으로 나오는 순간 본의는 사라지고 말로 정의된 진실만 남게 된다.

책 바깥의 자연에서 위대한 깨우침을 얻다

고빈다가 말했다.

"열반은 단어가 아니라 사상입니다."

싯다르타가 그의 말을 이어 갔다.

"그게 사상일 수는 있겠지요. 하지만 난 사상과 단어를 구별하지 않습니다. 솔직히 말해서 나는 사상을 그리 중요하게 생각하지 않아요. 사물에 더 큰 의미를 두기 때문입니다. 여기서 일하던 뱃사공은 나의 전임자이고 스승이었습니다. 무척 경건한 분이셨지요. 그는 전적으로 강을 믿었습니다. 그는 강물이 자신에게 말을 걸어 온다는 것을 알았습니다. 그리고 강물을 통해 가르침을 얻었습니다. 그에게는 강이 곧 신이었습니다.

숲속으로 들어간 성인(聖人)은 모든 걸 깨달았습니다. 바람과 구름, 새와 딱정벌레도 거룩한 존재라는 것, 그들도 강처럼 우리에게 많은 걸 가르쳐 준다는 것, 그로 인해 우리가 더 많은 깨우침을 얻을 수 있다는 것.

그는 책을 읽어 본 적도 없지만, 우리보다 더 많은 것을 깨달았습니다. 그가 오롯이 강을 믿었기 때문입니다."

싯다르타는 뱃사공 바수데바에게서 인생을 배우고 진리를 깨닫는다. 진리를 얻기 위해서는 지식이 아니라 지혜가 필요하다. 그런데 우리는 책에서만 진리를 찾으려고 한다. 어쩌면 진리는 책 안이 아니라 책 밖에 있는 것인지도 모른다.

인생은 우리가 떠나는 단 한 번의 여행이다.

그렇기에 모든 순간을 즐기려고 노력해야 한다.

믿음은 오직
하나의 소리로 귀결된다

싯다르타는 강물 소리를 온전히 듣기 위해 귀를 기울였다. 그는 경청하는 법을 배웠다. 이전에도 강에서 흘러나오는 소리를 들었지만, 오늘은 달리 들렸다.

모든 소리는 하나가 되어 있었다. 감탄의 소리, 환희의 소리, 분노의 소리, 고통의 소리, 죽어 가는 사람이 신음하는 소리, 모든 것이 하나였다. 모든 것이 하나로 엮여 있었고 하나로 용해되었다. 모든 목표와 갈망, 고통, 욕망, 선과 악, 기쁨과 슬픔, 모든 것이 하나가 되었다. 그렇게 온 우주가 하나가 되었다.

강물이 내는 소리는 하나의 온전한 단일성을 이루었다. 그 하나의 단어는 '옴'이었다. 그건 태초의 소리를 의미했다.

믿음은 들음에서 난다고 한다. 싯다르타는 강물 소리를 들으며 진리를 체험하고 터득한다. 모든 소리가 '옴'이라는 하나의 소리로 귀결된다. 누구라도 귀를 기울여야 제대로 들을 수 있다.

진리의 끝에는 언제나 또 다른 진리가 있다

싯다르타가 말했다.

"일방적이고 단편적인 진리는 없습니다. 진리의 반대 또한 진리입니다. 인간의 사고로 만들어지고 언어로 표현되는 것은 모두 일방적입니다. 모든 게 부분적이고 파편적이고 완벽하지 않습니다. 거룩한 고타마께서 설법을 행하실 때도 세상을 윤회와 열반, 미혹과 진리, 고뇌와 구원으로 나누었습니다. 그것은 어쩔 수 없는 일입니다. 가르침을 행하기 위해서는 그럴 수밖에 없습니다.

하지만 우리를 둘러싸고 있거나 우리 안에 존재하는 모든 것은 결코 일방적이지 않습니다. 어떤 사람도 완전한 성인이거나 완전한 죄인이 아닙니다. 단지 우리가 환영에 사로잡혀 있기 때문에 그렇게 보이는 것뿐입니다. 시간은 실재적인 것이 아닙니다. 현세와 영원, 고통과 행복, 선과 악 사이에 놓여 있는 시간적인 거리는 실재하는 것이 아닙니다."

남극과 북극은 정반대에 위치해 있다. 하지만 지질학적인 성질은 같다. 진리는 그 자체로 진리다. 대립이나 갈등이 없는 절대 영역이다. 진리는 어느 곳에 있든 한결같고 영원하다. 진리의 끝에는 언제나 진리가 있다.

신이 우리 안에 있다는 증거

신이 우리 안에 있다는 것,
흙 한 줌이 우리의 고향이라는 것,
모든 인간은 누구나 형제자매라는 것,
인종이나 민족, 이념을 나누는 것이
허구고 기만이라는 것.

우리가 이웃의 아픔이나 궁핍에 귀를 기울일 때,
우리 가슴이 다시금 사랑에 뜨겁게 용솟음칠 때

우리는 그런 사실을 새로이 되돌아보게 된다.

헤세는 평화주의자이고 박애주의자다. 그는 이념이나 인종을 넘어 모든 인간이 존중받는 세상을 꿈꾸었다. 우리가 자연과 고향을 사랑하고 이웃을 사랑하는 것 그리고 평화를 사랑하는 것이 신이 우리 안에 있다는 증거가 아닐까.

ㅇㅇ

진정한 깨달음을 얻은 자의 미소

그는 친구 싯다르타의 얼굴을 더 이상 보지 못했다. 싯다르타의 얼굴 대신에 다른 얼굴들이 나타났다. 길게 늘어선 수천의 얼굴이 강물처럼 흘러 지나갔다. 그리고 다시금 모습을 드러냈다. 그들은 끊임없이 변화하고 또 변화했다. 그들은 모두 싯다르타였다.

그는 죽어 가는 잉어의 얼굴을 보았다. 찢어진 눈에 고통스럽게 입을 벌리고 있었다.

그는 갓난아기의 얼굴을 보았다. 붉고 주름진 얼굴, 울음을 참지 못해 찡그린 얼굴이었다.

그는 누군가의 몸에 칼을 꽂고 있는 살인자의 얼굴을 보았다. 같은 순간, 망나니의 칼에 맞아 살인자의 머리가 잘려 나가는 모습도 보았다.

그는 벌거벗은 남녀가 서로를 열정적으로 애무하는 것을 보았다.

그는 차디차게 식어 버린 시신이 팔다리를 쭉 뻗고 있는 것을 보았다.

그는 멧돼지, 악어, 코끼리, 황소, 새의 머리를 보았다.

그는 신들의 형상도 보았다. 영웅의 신 크리슈나와 불의 신 아그니.

이 모든 얼굴은 무한한 관계 속에서 서로를 돕기도 하고, 서로를 사랑하기도 하고, 서로를 미워하기도 하고, 서로를 파괴하기도 하고, 다시 서로를 잉태하기도 했다. 이들은 죽음을 갈망했고, 삶의 덧없음을 고백하고 있었다.

그런데 이들은 죽지 않았다. 단지 다른 형상으로 변할 뿐이었다. 언제나 다시 새로운 얼굴로 태어났다. 한 얼굴과 다른 얼굴 사이에는 시간이 존재하는 것 같지 않았다.

이들은 모두 강물처럼 서로에게 흘러들었다. 이들 위에는 무언가가 있었다. 실체가 없으면서도 실재하는 무언가가. 얇은 유리나 얼음, 투명한 살갗이나 껍질, 물결과도 같은. 이 물결은 잔잔한 미소를 머금고 있었다. 그 얼굴은 싯다르타의 얼굴이었다. 바로 그 순간, 고빈다가 입술을 맞추고 있었던 얼굴이었다.

고빈다는 강물처럼 흘러가는 수많은 형상 가운데서 단일성의 미소를 보았다. 태어남과 죽음이 다르지 않은 동시성의 미소를.

싯다르타의 미소는 붓다 고타마의 미소였다. 평온하고 섬세한 미소, 그 깊이를 헤아릴 수 없는.

함께 웃는다는 것은 모두가 하나 됨을 뜻하는 것이기도 하다. 싯다르타의 미소는 진정한 깨달음을 얻은 자의 미소이고, 내면의 평화를 누리는 자의 미소이고, 비로소 하나 된 자의 미소다.

경건하지 못한 인간의 슬픔과 절망

가끔 나는 울프 계곡에 앉아 야코프 뵈메가 쓴 《그리스도로 가는 길》을 읽는다. 이 책에서 풍겨 나는 강렬한 느낌이 좋다.

신학자는 말한다.

"내가 이미 그대에게 경고하지 않았는가. 내 경고를 심각하게 받아들이지 않으면서 신의 고귀한 이름을 함부로 입에 담지 마라. 그렇지 않으면 신의 분노가 그대의 영혼을 불살라 버릴 것이다."

이런 대목도 있다.

"그대가 새롭게 부활하고자 하는 의지가 없다면 위에 적은 말들은 그대의 기도에서 빼도록 하라. 그렇지 않으면 그대는 최후의 날에 신의 심판을 받게 될 것이다."

그의 말은 나처럼 경건하지 못한 인간의 마음을 슬프고 절망스럽게 만든다. 그 말은 모두 놀라운 힘과 영원한 젊음을 지니고 있다. 그로 인해 나는 약간의 질투와 잔잔한 향수를 느낀다.

야코프 뵈메가 쓴 《그리스도로 가는 길》은 신비주의적이고 영적인 주제를 다룬 책이다. 이 책은 여러 철학자와 신학자에게 지대한 영향을 미쳤다. 그리스도로 가는 길은 부활의 의지다.

혼돈은 긍정되고 체득된 뒤에야
비로소 새로운 질서로 편입된다.

OO

절망은 새로운 생명을 일깨우기 위한 관문이다

인간이 절망 속에서 죽는다는 것은 참 슬픈 일이다. 신이 우리에게 절망을 주는 것은 우리를 죽이기 위해서가 아니라 우리 안에 새로운 생명을 일깨우기 위해서다.

신이 우리에게 저승사자를 내려보낸다면, 우리의 영혼을 육신에서 떼어 내어 저 너머의 세계로 부른다면 그것은 지극히 참된 기쁨이 될 것이다. 우리가 지고 있는 세상의 모든 짐을 내려놓고 편히 쉴 수만 있다면 그것은 달콤하고 놀라운 일이 될 것이다.

그대를 위한 무덤을 팔 때 무덤 곁에 야자수를 심는 것은 잊지 않아야 한다.

헤세의 소설《유리알 유희》에 나오는 대목이다. 신이 우리에게 절망을 주는 것은 우리 안에 새로운 생명을 일깨우기 위해서다. 절망에 절망할 필요가 없다. 그러면 절망은 더 이상 절망이 아니다.

그대는 낙엽처럼 흔들리는가, 빛나는 별처럼 움직이는가

싯다르타가 말했다.

"대부분의 사람은 바람에 흩날리다 땅바닥에 떨어져 이리저리 나뒹구는 낙엽과 같습니다. 물론 세상을 밝게 비추는 별과 같은 사람들도 있습니다. 그들은 자신만의 인생길을 묵묵히 걸어갑니다. 아무리 바람이 불어도 전혀 흔들리지 않습니다. 그들은 나름대로의 확고한 원칙과 방향을 가지고 있습니다.

고타마를 따르는 무리는 떨어지는 낙엽입니다. 그들 내

면에는 진정한 계율과 규범이 뿌리내리지 못했습니다."

낙엽은 바람에 흔들리고, 별은 우주의 법칙에 따라 움직인다. 흔들린다는 것은 목적성이나 지향점이 없는 상태다. 그대는 떨어지는 낙엽처럼 흔들리고 있는가, 빛나는 별처럼 움직이고 있는가.

마지막 발걸음은 혼자 내디뎌야 한다

땅 위에는

크고 작은 길들이

여기저기 나 있다.

하지만 목표하는 것은 모두 같다.

그대가 친구들과 어울려 다닐 수는 있지만,

마지막 발걸음은 그대 혼자 내디뎌야 한다.

그렇기에 그대가 힘든 일을 홀로 견뎌 낼 수 있다면

그보다 더 좋은 일은 없을 것이다.

그것이 세상의 그 어떤 지혜나 능력보다 낫다.

젊은 시절에는 '함께 서기'를 즐긴다. 하지만 나이가 들어서는 '홀로서기'를 익혀야 한다. 홀로 설 줄 알아야 함께 설 수 있다. 그러니 누구라도 마지막 발걸음은 홀로 내디뎌야 한다.

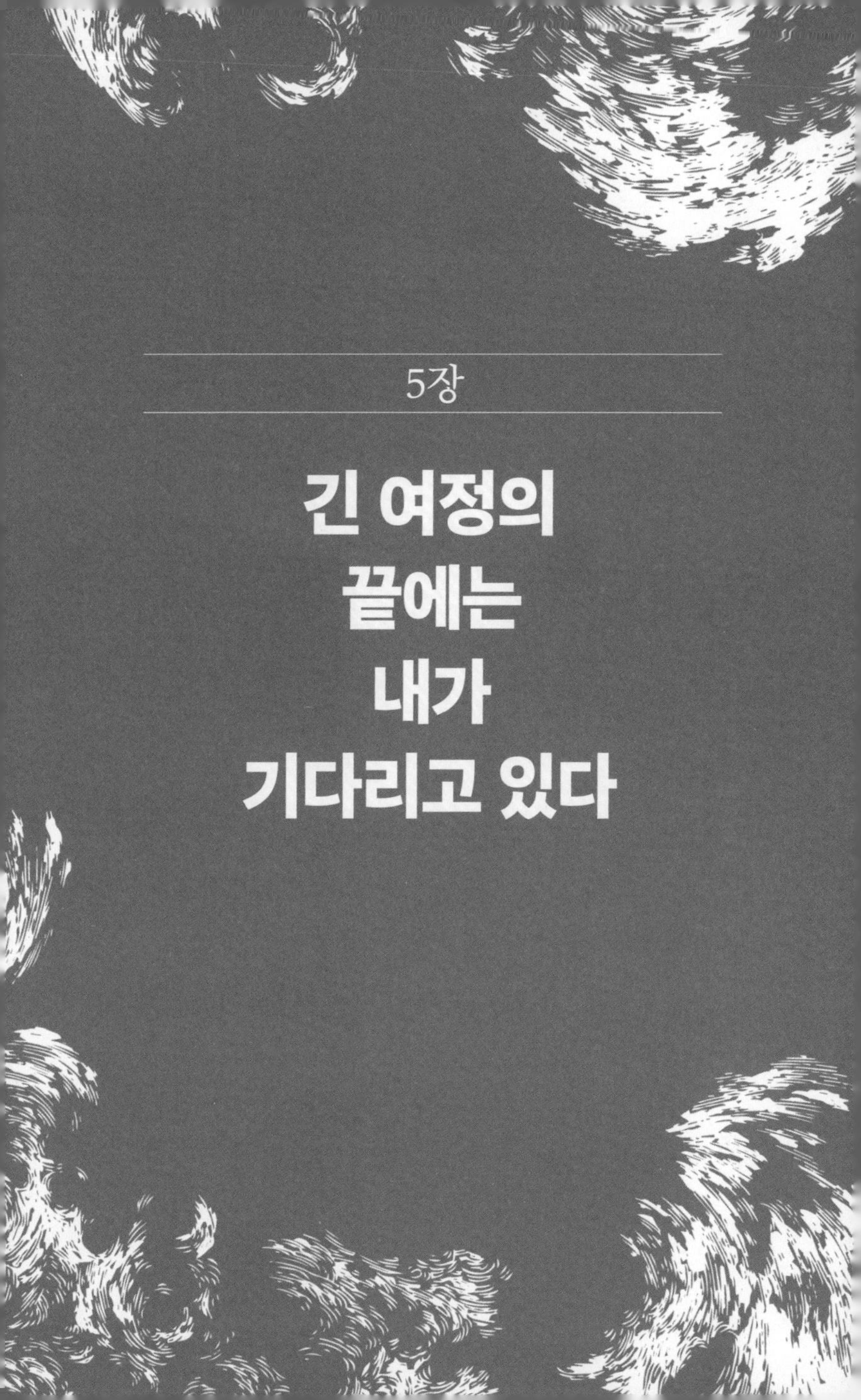

5장

긴 여정의 끝에는 내가 기다리고 있다

장 해설

나는 오로지
내가 되기 위해 존재한다

인생은 나를 찾아 떠나는 여행이고, 나 자신에게로 이르는 길이다. 헤세는 그의 모든 작품에서 자아 탐구와 자아 발견의 눈물겨운 여정을 기록하고 있다.

소설 《데미안》에서 주인공 싱클레어는 심각한 내적 혼란과 갈등을 겪는다. 그리고 친구 데미안의 도움과 조언 덕분에 자신에게 이르는 길을 찾는다. 데미안은 병상에 누워 있는 싱클레어에게 이렇게 말한다.

"너는 너 자신의 목소리에 귀를 기울여야 해."

《싯다르타》는 젊은 브라만인 싯다르타가 깨달음을 찾아가는 여정을 그린 작품이다. 그는 친구 고빈다와 함께 참된 진리를 찾아 나선다. 잠시 세속의 향락적인 삶을 경험하기도 하지만, 강에서 깨달음을 얻고 진정한 자기 자신을 발견한다.

《황야의 늑대》는 주인공 하리 할러의 내적 세계를 분석한 작품이다. 자신을 '황야의 늑대'라고 부르는 주인공은 시민 세계와 예술 세계 사이에서 방황한다. 그리고 어느 곳에서도 고향을 느끼지 못한다. 그러다 '마법 극장'에서 자신과 모든 존재의 단일성에 대한 심오한 성찰을 하게 된다.

《나르치스와 골드문트》는 두 청년의 우정과 갈등을 다루고 있다. 골드문트는 수도원을 떠나 속세에 발을 들여놓지만, 이내 인생의 무상함을 깨닫고 다시금 수도원으로 돌아온다. 그리고 나르치스의 도움을 받아 진정한 자아를 완성해 나간다.

"세상은 나아지기 위해 존재하는 것이 아니다. 그대들

도 나아지기 위해 존재하는 것이 아니라 그대 자신이 되기 위해 존재하는 것이다."

인생은 나를 찾아 떠나는 여행이다. 나를 온전하게 바라보고, 나에게 좀 더 충실해야 한다. 그러면 나는 내 인생에서 가장 특별한 존재가 되고, 내 인생 또한 나에게 큰 의미로 다가온다. 나 자신을 온전하게 이해하고, 신뢰하고, 사랑할 수만 있다면 무엇을 더 바라겠는가. 진정한 자아를 찾는 것이 우리에게 주어진 존재론적 소명이다.

○○

모든 삶은 자기 자신에게로 이르는 길이다

나는 나 자신의 바람과 의지대로 살아가려고 애썼다. 그런데 그게 왜 그리도 힘들었을까.

작가는 소설을 쓸 때 마치 자신이 신이라도 된 것처럼 여긴다. 한 사람의 인생을 모조리 꿰뚫어 보기라도 하듯이. 모든 것이 베일에 싸여 있는데도 말이다.

하지만 나는 그럴 수 없다. 나에게는 내 이야기가 무엇보다 중요하다. 내 이야기는 가상의 존재에 관한 이야기가 아니라 현실에서 살아 숨 쉬고 있는 한 인간의 거짓 없는 이야기이기 때문이다. 내 이야기는 맛깔스럽게 꾸며 낸 이야기가 아니기에 편안하지도, 달콤하지도, 조화롭지도 않다.

모든 인간의 삶은 자기 자신에게로 이르는 길이다. 삶은 그 길을 암시해 주는 하나의 시도다. 지금까지 온전히 자기 자신이 된 사람은 없다. 그럼에도 누구나 본연의 자아를 찾기 위해 부단히 노력해 왔다. 더러는 인간이 되지 못하기도 한다. 개구리나 도마뱀, 개미에 머물러 있는 사람들도 있다. 위는 사람이고 아래는 물고기인 사람도 있다. 모두는 인간이 되어 가는 과정에 내던져진 존재다. 그리고 모두는 동일한 뿌리를 지니고 있다. 동일한 모태와 동일한 심연에서 태어났다. 우리는 서로를 이해할 수 있다. 하지만 진정한 의미는 자기 자신만이 알아낼 수 있다.

헤세의 거의 모든 작품은 자전적이고 고백적이다. 그는 있는 그대로의 이야기를 진솔하게 들려준다. 그리고 자기 자신에게로 이르는 길을 보여 준다.

누구에게나 자신만의 영혼이 있다

누구에게나 자신만의 영혼이 있다. 어느 영혼도 다른 영혼과 섞이거나 하나가 될 수 없다.

사람은 서로에게 다가갈 수 있고 서로 이야기를 나눌 수 있고 함께 있을 수 있지만, 영혼은 그렇지 않다. 영혼은 꽃과 같다. 모든 영혼은 자신만의 공간에 뿌리내리고 있다. 그렇기에 뿌리를 떠나 존재할 수 없다.

꽃은 아름다운 향기를 풍기고 씨를 남긴다. 하지만 꽃이 씨를 뿌리는 것이 아니라 바람이 씨를 뿌려 준다. 씨는 바람이 부는 대로 자신의 운명을 내맡기는 것이다.

부모는 자식에게 모든 것을 물려주지만, 영혼을 물려줄 수는 없다. 영혼은 모든 인간에게 언제나 새롭게 태어나고 새롭게 존재한다.

소설 《크눌프》에서 헤세는 영혼에 대해 이야기한다. 그에게 영혼은 자의식이 확장된 초월적인 생성의 개념이라고 할 수 있다.

인생은 떠나고 싶은 욕망과 머물고 싶은 욕망 사이에 존재한다

아침과 저녁 사이에 시간이 존재하는 것처럼 내 인생은 떠나고 싶은 욕망과 머물고 싶은 욕망 사이에 존재한다. 어쩌면 낯선 땅에 대한 동경이 이미 내 안에 깊이 뿌리내리고 있는지도 모른다. 그래서 굳이 떠나지 않더라도 별로 아쉬워하지 않는 것인지도 모른다. 아니면 내 안에 깃든 향수가 워낙 강해서 더 이상 고향의 푸른 잔디와 붉은 벽돌을 그리워하지 않는 것인지도 모른다.

내 안에 고향이 있다는 것, 마음속에 고향을 품고 살아간다는 것이 진정 아름답고 행복한 삶이다. 도대체 고향이 없는 삶은 어떤 삶일까.

예전에 나는 책과 그림을 모으는 것을 좋아했다. 하지만 이내 다른 사람들에게 나눠 주고는 했다. 나는 사치스럽고 방탕한 삶을 즐기기도 했지만, 어느샌가 금욕과 고행의 길로 들어선 나를 발견하고는 했다.

나는 시인이 되고 싶었고, 시인이 되었다. 나는 내 집을 짓고 싶었고, 내 집을 지었다. 나는 결혼해 아이를 낳고 싶었고, 그렇게 했다. 나는 사람들에게 말과 글로 긍정적인 영향을 미치고 싶었고, 그대로 됐다.

하지만 내 꿈이 이루어지기 무섭게 견디기 힘든 싫증을 느꼈다. 내가 이루어 낸 목표는 더 이상 내가 바라던 목표가 아니었다. 내가 걸어온 길은 단지 에움길이었을 뿐이다. 나는 현실에 안주하지 못한 채 새로운 동경과 갈망을 마주해야 했다.

그래도 그 길을 가야 하고, 그 목표를 이루기 위해 노력해야 한다. 모든 길에는 나름의 의미가 있다. 대립과 갈등이 사라진 곳, 방황과 고통에서 벗어난 곳, 그곳이 열반이다. 그리고 지금 내가 걷고 있는 이 길이 열반에 이르는 길이다.

누구나 젊은 시절에는 낯선 곳으로 떠나고 싶어 한다. 그리고 세월이 흐른 뒤에는 다시금 정든 곳으로 돌아오려 한다. 인생은 원심력과 구심력 사이의 길항으로 점철되는 여정이라고 할 수 있다. 지금 내가 들어선 이 길이 바로 내 인생길이다.

그대가 찾는 빛은
그대 안에 살아 숨 쉬고 있다

이 세상의 책들이

그대에게 행복을 주지는 않는다.

하지만 그대 자신에게 이르는 길을

은밀하게 가르쳐 준다.

책에는 그대에게 필요한 모든 것이 있다.

해와 달과 별.

그대가 찾는 빛은

그대 안에 살아 숨 쉬고 있다.

그리고 그대가 바라는 지혜는

책 속에서 환히 빛나고 있다.

그리하여 지혜는 그대 것이다.

헤세의 시 〈이 세상의 모든 책들〉은 책이 지니고 있는 진정한 가치를 노래하고 있다. 그는 세상을 밝히는 빛, 살을 살아가는 지혜, 나에게 이르는 길이 모두 책 속에 있다고 말한다.

운명은 다른 데서 오는 것이 아니라

내 안에서 자라난다.

포기하고 얻은 것과
감내하며 이룬 것

당신도 아시겠지만, 나에게 가장 중요한 것은 언제나 삶에 대한 갈망이었습니다. 규범화되거나 도식화되지 않은, 열정적이고도 개인적인 삶 말입니다. 나는 자유를 포기하면서까지 집필 작업에 몰두했습니다. 그래서 작가라는 직업은 내가 추구하는 이상에 다가가는 데 도움이 되었을 뿐 아니라 그 자체로 내 삶의 목적이 되었습니다.

나는 작가가 되었습니다. 하지만 아직 인간이 되지는 못했습니다. 부분적으로는 소기의 목적을 이루었지만, 전체적으로는 성공했다고 말할 수 없을 것입니다. 글쓰기가 나를 행복하게 하지만 그건 자기만족에 불과합니다. 그로 인해 내가 포기해야 했던 자유, 내가 감내해야 했던 고독은 창작을 위한 것일 뿐 내 삶을 위한 것은 아니었습니다.

내 삶의 가치는 오롯이 내가 글을 쓸 때만 의미를 지니고 있습니다. 내가 도달할 수 없는 것, 내가 절망할 수밖에 없는 것에 대해 이야기하는 동안에만.

1929년에 헤세가 지인에게 보낸 편지다. 이 편지에는 예술가로서의 소명과 시민적인 삶에 대한 회한이 담겨 있다. 작가로서는 성장했지만, 일상의 행복을 누리지 못하는 자신에 대한 자기 부정이자 자기 위안이다.

자신의 영혼을 만나기 위해서는 두 세계를 지나야 한다

데미안은 신과 악마, 천국과 지옥에 대해 이야기했다. 그건 바로 나 자신의 생각, 나 자신의 신화이기도 했다. 나는 이 세상이 밝은 세계와 어두운 세계로 나뉘어 있다고 믿었다.

나의 문제가 모든 사람의 문제, 모든 삶의 문제라는 깨달음이 신성한 그림자처럼 나를 덮쳤다. 그리고 나 자신의 고유한 삶이 영원히 이어지는 위대한 사상의 물결에 함께한다는 생각에 이르자 갑자기 불안감과 경외감이 나를 엄습해 왔다.

나에게 새로운 인식은 유쾌하다기보다 조금은 거칠고 거슬리는 것이었다. 성숙한 존재에게는 책임이 따르기 마련이다. 나는 더 이상 어린아이가 아니고, 더 이상 혼자가 아니라는 사실을 받아들여야만 했다.

처음으로 나는 마음속에 간직하고 있던 비밀을 친구에게 털어놓았다. 아주 어릴 때부터 생각해 왔던 '두 세계'에 관한 것이었다. 그는 내 말에 전적으로 공감하고 내 생각을 인정해 주었다. 이전보다 더 귀를 기울여 내 말을 들어주었고, 내가 고개를 돌릴 때까지 내 눈을 똑바로 쳐다보았다. 나는 그의 눈빛에서 나이와 시간을 초월하는 야수적인 무언가를 보았다.

"세계의 반이 '허락된 세계'라는 사실을 너도 잘 알고 있을 거야. 그런데 너는 목사님이나 선생님처럼 나머지 반을 부당하게 무시하려고 하잖아. 하지만 그렇게 되지는 못할 거야. 생각이라는 것을 하는 순간부터는 누구도 그렇게 할 수 없는 거야."

나는 그의 말을 듣고는 정신이 번쩍 들었다.

헤세의 작품 세계는 밝은 세계와 어두운 세계로 나뉜다. '밝은 세계'는 질서와 평화가 있는 곳, '어두운 세계'는 모험과 쾌락이 있는 곳이다. 이 두 세계는 주인공이 자신에게로 이르는 길에 맞닥뜨려야만 하는 운명적인 통과 의례다.

○○

나의 소명은 세상을 사랑하는 것이다

세상은 아름다웠다. 세상은 다채로웠다. 세상은 기이하고 신비스러웠다. 여기에 파랑, 노랑이 있고, 녹색이 있었다. 하늘과 강물이 흐르고, 숲과 산은 높이 솟아 있었다. 모든 것이 신비함으로 가득하고, 마법에 싸여 있었다. 그리고 그 가운데 자신에게로 이르는 길을 걸어가는 싯다르타가 있었다.

강물은 목표를 향해 내달렸다. 그는 강물이 흘러가는 광경을 바라보았다. 그와 그의 식구들 그리고 이제까지 그가 보았던 사람들의 형상으로 이루어진 강물이었다. 모든 파도와 강물은 수많은 목적지를 향해, 폭포와 호수, 여울, 바다를 향해 흘러갔다. 그리고 강물이 증기가 되어 하늘로 올라가서는 다시금 비가 되어 땅으로 내려왔다. 그렇게 샘물이 되고, 시내가 되고, 강물이 되었다.

나는 내 육신과 영혼으로 경험했다. 나에게 부도덕함이 필요하다는 것, 나에게 욕망과 재물에 대한 애착, 허영심이 필요하다는 것 그리고 굴욕적인 절망이 필요하다는 것을 깨달았다. 그것은 내가 적대적인 태도에서 벗어나는 법을 배우기 위해서였다. 세상을 사랑하는 법을 배우고, 내가 바라는 세상과 비교하지 않고, 세상을 있는 그대로 받아들이기 위해서였다. 그리고 기꺼이 세상에 속하기 위해서였다.

세상을 통찰하는 것, 세상의 이치를 설명하는 것, 세상을 경멸하는 것은 위대한 사상가들의 소명일지 모른다. 하지만 나에게 가장 중요한 소명은 세상을 사랑하는 것, 세상을 경멸하지 않는 것, 세상과 나를 증오하지 않고 세상과 나와 모든 존재를 사랑과 경탄과 경외심을 가지고 바라보는 것이다.

싯다르타는 세상과 모든 존재를 사랑과 경외심을 가지고 바라보는 것이 자신의 소명이라고 믿는다. 모든 존재와 생명을 사랑하고 존중하는 것, 그것이 우리의 진정한 깨달음이어야 한다.

위안과 열정이 숨어 있고 신비와 예술이 자라나는 곳

오, 나의 영혼, 이토록 아름답고, 정겹고, 음울하고, 치명적인 바다여.

이따금 바다는 깊이를 알 수 없는 심연에서 건져 올린 낯선 빛깔의 신비를 살포시 씻겨 내어 포말에 감싼다. 어쩌면 여기서 나의 예술이 자라나고 있는지도 모른다. 여기서 바쿠스의 열정적인 선율이 깨어나고 있는지도 모른다.

오, 지난날 봄밤이면 자연에 취해 꿈에 취해 내 가슴이 얼마나 뛰었었는가. 그 시절에 느꼈던 풍요롭고 행복한 감정을 다시금 찾을 수만 있다면 무엇을 더 바라겠는가.

헤세는 일기에서 바다의 치명적인 매력을 묘사하고 있다. 그의 소설이나 그림에서 바다는 평화와 고독을 상징한다. 바다는 그에게 마음의 위안을 주고, 창작에 대한 열정을 불어넣는다.

행복을 찾기 위해 떠나는 사람, 행복을 지키기 위해 남는 사람

당시에 내가 '농부'라는 말을 어떻게 이해하고 있었는지 잘 기억나지 않는다. 그런데 내가 농부와는 전혀 다른 기질을 지니고 있다는 사실만은 분명해 보인다. 어쩌면 내가 타고난 성향은 유목민이나 사냥꾼, 방랑자, 외톨이에 더 잘 어울렸는지도 모른다. 내가 농부의 삶에 대해 잘못 생각했다기보다는 그것이 내가 진정으로 원하는 삶이 아니었다는 사실이 문제였다.

한마디로 말해, 나는 내 안에 잠재된 본능적인 욕망과는 거리가 먼 삶을 살았던 것이다.

철새는 행복을 찾기 위해 떠나고, 텃새는 행복을 지키기 위해 남는다. 헤세는 자신이 농부의 기질을 지니고 있지 않다고 말한다. 그렇다면 헤세는 행복을 찾아서 세상을 유랑하는 철새인 것이다.

진정 사랑하는 사람은 자기 자신을 찾는다.

하지만 대부분은 자신을 잃기 위해 사랑한다.

방황하는 인생은 모험으로 가득하다

언제나 나는 떠돌아다녔다.

나는 방랑자였다.

내게 남겨진 것은

아무것도 없다.

행복도 고통도

내 곁을 떠났다.

의미도 목적도 없이
그렇게 방랑자의 삶을 살았다.

수천 번 넘어질 때마다
다시금 나를 일으켜 세운 것은
사랑의 별이었다.

나는 그 별을 찾아
온 세상을 헤매고 다녔다.

지금 그 별은
저 멀리 언덕 너머
거룩하게 빛나고 있다.

목표가 뚜렷하기 전에는
나그네의 길이 힘든 줄 몰랐다.

한때 사랑했던 세상과 작별하고,

나는 여전히 목표를 찾아 헤맨다.

지금도 내 인생의 여정은 모험으로 가득하다.

헤세의 〈방랑자〉라는 시다. 방랑자의 자유와 고독은 양날의 검이고 동전의 양면이다. 어쩌면 방랑자 헤세는 영원한 고향을 찾아 헤매는 '황야의 늑대'였는지도 모른다.

온전한 가르침 대신 스스로 온전해지길 바라라

우리는 지혜를 발견하고, 지혜를 체득하고, 지혜와 더불어 세상의 무게를 견뎌 내고, 기적을 행할 수 있다. 하지만 누구도 지혜를 말하거나 가르칠 수는 없다.

온전한 가르침을 바라지 말고, 그대 자신이 온전해지기를 바라라. 신은 개념이나 지식에 있는 것이 아니라 그대 안에 있다. 진리는 스스로 경험하고 체득해야 한다.

모든 '나'가 극복되고 죽음에 이를 때, 모든 욕망과 충동이 잠잠해질 때 궁극적인 무언가가 깨어나야 한다. 더 이상 '나'가 아닌. 그것은 존재의 내면 깊숙이 자리 잡고 있는 위대한 신비로움이다.

깨달음을 가능하게 하는 것은 지식이 아니라 지혜다. 진리는 '나'라는 한계에서 벗어나 궁극적인 존재의 영역으로 들어서는 것이다. 그런데 그 진리는 내 안에 있다. 이것 또한 역설이다.

헤르만 헤세 연보

1877년
헤세가 독일 남부 슈바르츠발트의 작은 마을 칼프에서 태어남

1883년
헤세 가족이 러시아 국적을 포기하고, 스위스 국적을 취득함

1886년
헤세 가족이 칼프로 돌아옴

1888년
헤세가 칼프의 학교에 입학함

1891년
헤세가 마울브론 기숙 학교의 장학생이 됨

1892년
헤세가 자살을 시도하고, 슈테텐의 정신 병원에 입원함

1893년
헤세가 칸슈타트의 김나지움에 들어감

1894년
헤세가 칼프에 있는 하인리히 페로의 탑시계 공장에서 철물 견습공으로 일함

1895년
헤세가 튀빙겐에 있는 헤켄하우어 서점에서 견습을 시작함

1898년
《낭만적인 노래들(Romantische Lieder)》 출간

1899년
헤세가 바젤로 이사함
헤세가 라이히 서점에서 점원으로 일함
《자정이 지난 시간(Eine Stunde hinter Mitternacht)》 출간

1900년
《헤르만 라우셔가 남긴 글과 시(Hinterlassene Schriften und Gedichte von Hermann Lauscher)》 출간

1901년
헤세가 처음으로 이탈리아 여행을 떠남

1902년
《시집(Gedichte)》 출간

1904년
《페터 카멘친트(Peter Camenzind)》 출간

1905년
《수레바퀴 아래서(Unterm Rad)》 출간

1910년
《게르트루트(Gertrud)》 출간

1913년
《인도에서(Aus Indien)》 출간

1914년
《로스할데(Rosshalde)》 출간

1915년
《크눌프(Knulp)》 출간

1916년
헤세가 요제프 베른하르트 랑 박사의 정신 분석을 받음

1917년
헤세가 베른에서 카를 구스타프 융을 처음 만남

1919년
《데미안(Demian)》 출간

1920년
《클링조어의 마지막 여름(Klingsors letzter Sommer)》과 《혼돈에 대한 성찰(Blick ins Chaos)》 출간

1921년
헤세가 퀴스나흐트에서 융 박사와 정신 분석을 진행함
《시선집(Ausgewählte Gedichte)》 출간

1922년
《싯다르타(Siddhartha)》 출간

1924년
헤세가 다시 스위스 국적을 취득함

1925년
《요양객. 바덴에서의 요양에 관한 기록(Kurgast. Aufzeichnungen von einer Badener Kur)》 출간

1927년
《황야의 늑대(Der Steppenwolf)》 출간

1930년
《나르치스와 골드문트(Narziss und Goldmund)》 출간

1932년
《동방순례(Die Morgenlandfahrt)》 출간

1936년
《정원에서의 시간(Stunden im Garten)》 출간

1943년
《유리알 유희(Das Glasperlenspiel)》 출간

1946년
헤세가 노벨 문학상을 수상함

1951년
《서간 선집(Ausgewählte Briefe)》 출간

1957년
7권으로 된 《헤세 전집(Gesammelte Schriften)》 출간

1962년
헤세가 스위스 몬타놀라에서 세상을 떠남